# 織女惜別

しょくじょせきべつ

松川章子

郁朋社

# 織女惜別／目次

装丁／宮田麻希

# 織女惜別

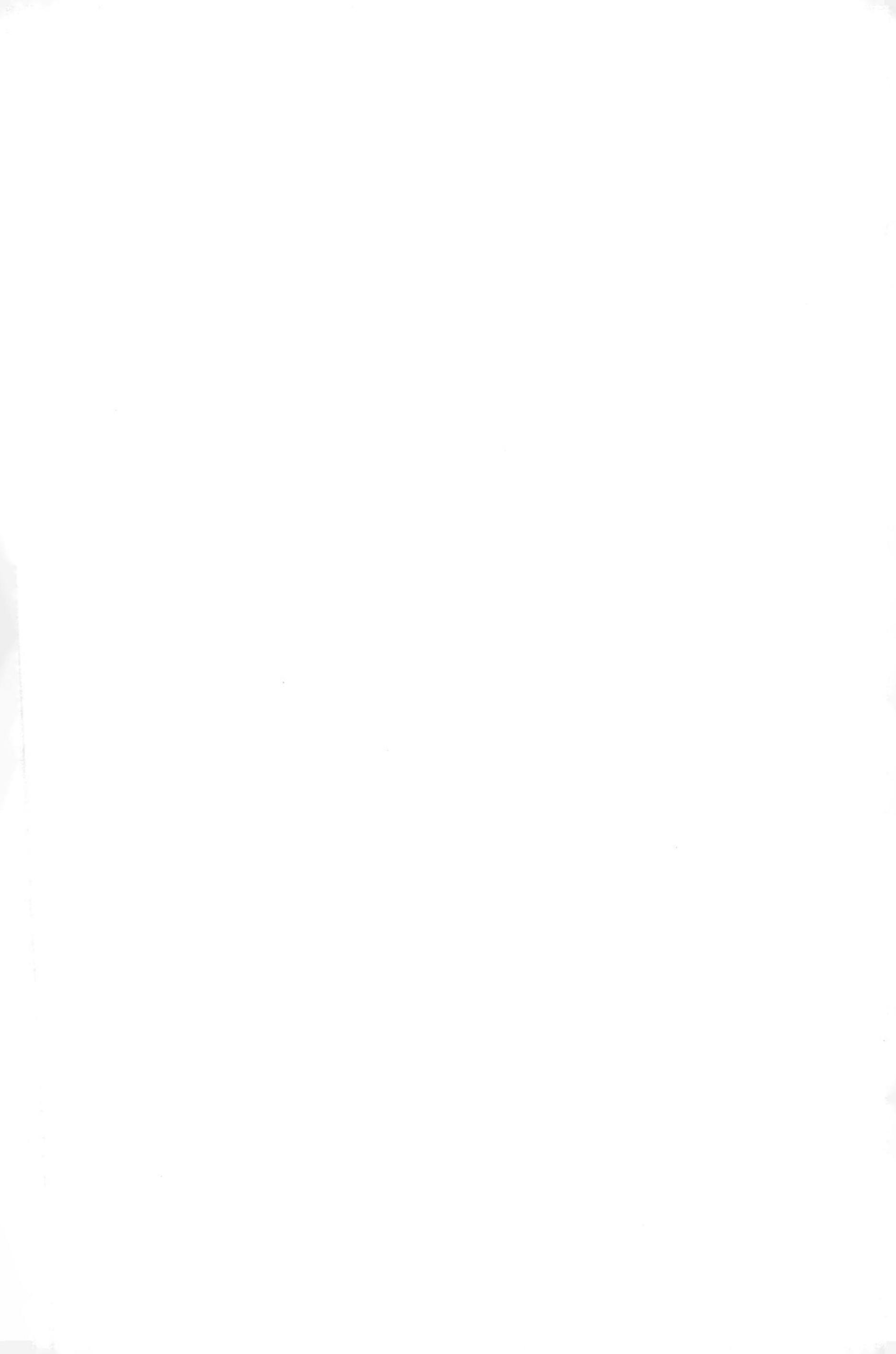

# 春雁

春雁(しゅんがん)吾に似て　吾雁(かり)に似たり
洛陽城裏　花に背いて帰る

聚楽第(じゅらくだい)の門を過ぎ、ふと顔を上げると、雁の群れが北を目指して飛んでいった。早咲きの桜が、今を見ごろと咲き誇っている。春霞の向こうに消えていく雁の姿を目で追いながら、兼続(かねつぐ)は越後の空を思った。

なるほど京は大きく、雅で、その洗練された空気は嫌いではない。しかし兼続は越後を愛しいと思った。今の時季、越後はまだ冬の眠りの中にある。雪に閉ざされ、じっと春を待つ。厳しい自然の中で生きる朴訥(ぼくとつ)とした北国の人々の姿を思い浮かべるとき、兼続は、京の風は生ぬるいと感じるのだ。

生ぬるい、なのに油断がならない。京とはそのような土地であった。

# 織女

元亀三年（一五七二）。

　庭の萩が色をつけ始めている。蝉の声はまだこんなにかまびすしいというのに、いつの間にか秋の準備が始まっているのだ。

　おせんは縁側へ出た。縁先で膝をついてかしこまっているのは忍びのカケスである。この春ようやく忍びとして一人立ちをしたばかりのカケスは、まだほんの子供であった。

「春日山の様子はいかがであった」

　おせんは声をかけた。

「ご城下は特に変わりはございません。秋祭りの支度も例年通りでございます」

「ならばよい」

「それから」

「何？」

「越中に滞陣の御屋形様は、坂戸城から上田衆を呼び寄せるようでございます」

「ご養子の喜平次様もご出陣なさるのか」

「おそらくは」

カケスは深く一礼すると、姿を消した。

上田庄坂戸城の主、長尾喜平次顕景は、おせんよりふたつ年上の若者だと聞いている。御屋形様（上杉謙信）の養子とあれば上杉の跡目を担う可能性のあるお方だけれども、いったいどのような人なのだろう。年が近いこともありおせんは喜平次に興味を持っていた。もともと寡黙な性格であったらしいが、その父、長尾政景が数年前に非業の死を遂げた後、さらに口数が減ったと誰かが話していたのを思い出す。

「姫さま、源左衛門殿がおみえでございます」

侍女のキヨが呼びに来た。座敷へ戻ると、年配の武者が下座に控えている。おせんの父直江景綱は上杉家の宿老で与板城の城主である。配下には与板衆と呼ばれる直臣を抱えており、源左衛門はその中でも景綱をそばで支える重臣であった。景綱にとっておせんは五十歳を過ぎてからの一人娘だった。その愛らしさに幼いころは始終そばに置き、膝にのせての可愛がりようだったが、源左衛門もまた同じようにおせんを愛でていた。景綱が春日山に詰めている間も、何かにつけてはここ与板城のおせんの様子を見に来てくれる。

「姫さま、これを」

差し出された木通の実に、おせんはにこっと笑った。先ほどカケスと話していた時とは打って変わった、少女の顔である。

「姫さまは、もういくつになられました」

「十六です」

「ほう、そんなになりますかな。もう立派な女人（にょにん）じゃ。そろそろ婿取りも考えなければなりませぬな」

「そんなこと、まだどうでもよい」

　おせんは少しむくれて言った。

「それより、私（わたくし）は春日山へ行ってみたいのです。お父様のそばで、色んなことを教えてもらいたい」

　十六歳の娘とはいえ、おせんは与板城では景綱の名代の役割を果たすに足る内政能力を持っていた。現に、与板衆から春日山の景綱への取次はすべておせんが行っているほどである。源左衛門は笑った。

「これはこれは。相変わらず、威勢のよいことじゃ」

「だから、お父様に文を出します。おせんを連れに来てくださいませ、と」


　おせんが春日山へ移ったのは、その翌年のことである。生まれ育った与板の城とは比較にならないほど大きな城塞の、実城（みじょう）（本丸）の脇に直江家の屋敷はある。屋敷の外の小道を少し上ると視界が開けて、春日山城下と府内湊、その向こうには日本海を見渡すことができた。おせんはこの場所が好きであった。見晴らし台と呼び、ここからの景色を楽しんだ。

　明日はキヨが城下の秋祭りに連れていってくれると言った。ここから見ていても、祭りの準備が着々と進められていることが手に取るようにわかる。与板のように神輿（みこし）が出るだけでなく、たくさんの出店もあるようだ。

翌日は朝のうちから笛の音が聞こえてきた。おせんはキヨを伴って駆け降りるようにして城下に向かうと、出店をひとつひとつのぞいて回った。

「売っているものも、与板とは全然違う。みな、美しいのね」

「京で流行りの品々を乗せた船が、毎日府内湊に着くのだそうです」

おせんはため息をつきながら、手にしていた錦の巾着袋を売り台に戻した。

隣の店へと歩みを移した時である。目の前で、母親に抱かれた小さな娘が、持っていた人形を取り落とした。

あっ。おせんは人形を拾おうと足を踏み出した。だが。

その前に腰をかがめ手を差し出した若者があった。見たところ、年のころはおせんと同じくらい、すらりとして端正な顔立ちをしている。その若者が人形を子供に手渡すと、母親は何度も頭を下げて去っていった。

向き直った若者と一瞬目が合った。

……涼やかな目……。おせんは一時、呼吸を忘れた。


「美しい女子(おなご)であったのう」

前を行くのは、上田庄坂戸城からともに春日山へ来た仲間である。仲間といってもみな兼続よりも年上で、女人とすれ違う度その品定めに盛り上がっている。

「さっきの店先ですれ違った女子のことよ」

「おう、どこぞの姫かの」

「春日山の女子はみなどこか気品があるのう。坂戸とは何か違うと思わぬか」

　そんな話の後ろを、兼続はついていく。今は女子のことよりも、この賑わいに驚くばかりである。御屋形様（上杉謙信）は、こんなに立派な城下を作られた。この祭りの神輿が出る居多神社も、御屋形様が手厚く保護されているという。兼続にとっての目下の関心事は女子ではなく城づくりや町づくりのことであった。故郷の坂戸城も大きな山城である。しかしその規模、堅固さとも坂戸城の比ではないことに対する驚きは、数か月前に春日山へ来てからずっと兼続の胸に感動を与えていた。すごいなあ、と兼続は周囲を見回すのであった。

　城へ戻ると兼続は主である喜平次顕景の居室へまっすぐ向かった。

「それはもう、見事な賑わいでした。殿もおいでになればよかったのに……」

「わしは、あのような人出の場は好まぬ。そなたが見てくれればそれでよい」

　顕景は御屋形様から下された脇差の手入れに余念がない。

「今宵は御屋形様の講談に呼ばれておる。与六（兼続）も共に参れ」

　謙信は夜ごと、臣下の若い衆を集めて酒を飲むのが好きであった。酒を飲みながら、軍事、歴史、文芸などについて語って聞かせる。それを顕景は講談と呼んでいた。口が重い顕景は謙信との会話が続かない。そんな時、自らの弟分であり溌溂とした性格の兼続の存在は助けであった。

「今日は城下の祭りを見てまいりました」

　謙信の杯に酒を注ぎながら、兼続は言った。

「何か面白いことはあったか」

「このように城下を栄えさせるにはどうしたらよいのかと。町づくりは面白そうにございます」

「郭の普請のほうはどうだ。大和守が褒めておったぞ、機転の利く賢い奴だと」

兼続はこのところ春日山の修築工事を言いつかって、日々作業に当たっていた。この時代、堀を作り、塀を建てるというような築城の技術は武士にとって欠かせないものである。戦においても土木工事の技によって勝敗が大きく左右された。奉行の直江大和守景綱は長尾上杉氏三代にわたる重臣で、謙信の右腕である。与えられた任務だけではなく工事全体についても自ら熱心に学ぼうとする兼続のことを、景綱は可愛がった。

「直江殿には毎日色々なことを教わります。新しいことを知るのは楽しゅうございます」

「して、城づくりの次は町づくりか」

謙信は楽しそうに酒を飲み干す。

「城下町をつくるうえで最も重要なのは水じゃ。田畑を作るにも生活するにも、水がいる。水の道をどのように整備するかが肝になるのだ。そのためには土地の高低を見定めなければならぬ。高台に立ってよく見ることじゃ。もともと出水の多い場所には堤をつくらねばならぬ。そうやって水の道が整ったら、町割りをきめていくのじゃ」

謙信は杯を兼続の方へ差し出した。兼続は酒を注ぐ。

「もうひとつ、大事なことがある。商いじゃ。商館を建て、港を整備する。多くの舟を出入りさせ、税をとる。そしてその地の特産を京で売る。越後の特産にはどんなものがあるか知っているか」

「青苧（あおそ）、でございましょうか」

兼続は答える。

「左様、青苧は儲かる。上方では青苧から作る越後上布は最高級の品として取引されておる。それから、金、銀じゃ。鉱山の開発も忘れてはならぬ。人、物、そして金銀の行き来があることで、町は栄えるのじゃ」

謙信が語るのを、全て吸い込むかのように心に留める兼続であった。

祭りの後、秋の気配は急激に濃くなった。春日山の木々も色づき、間もなく謙信の越中出陣となった。喜平次顕景は配下の上田衆共々謙信に付き従ったが、今回兼続の初陣は叶えられなかった。

城全体がいつもよりひっそりとした午後、おせんは一人、屋敷を出た。見晴らし台にたたずむと、かなたまで稲穂を刈り取ったばかりの田んぼが広がって見えた。人の気配に気づいて振り向くと、若者が立っていた。

あ、あの時の……。おせんはそれが、祭りの日に見かけた若者であることに気づいた。あの涼しげな目は忘れようがない。おせんはつい、若者の目に見入ってしまっていることに気づいてうろたえた。そして、ばつの悪さに思わず言葉が滑り出た。

「そなたは、何者じゃ」

上杉家家老直江景綱の娘として、威厳を持たせて言った。若者は答えない。おせんを眺めながら、どこかで会ったことがあるだろうかと考えていた。綺麗な人だなと思った。

そんな若者の態度に、おせんは調子を狂わされた気がした。軽く咳ばらいをすると言った。

「私は、せんと言います。直江大和守景綱の娘です」

すると、若者はふわっとした笑顔になって言った。

「直江殿の姫君でしたか。私は樋口与六兼続、長尾喜平次様に仕えております」

「与六殿」

「はい」

「越中へは行かれなかったのですか」

それを聞くと、兼続は唇を噛むようにしてうつむいた。

「はい、初陣は叶いませんでした」

「そうなのですか」

おせんは少し驚いて城下のほうへ目を向けながら言った。十七、八の若者が初陣がまだとはどういうことか。しかしそのようなことは聞くに聞けない。気まずい沈黙が舞い降りた。こんな時に限って鳥のさえずりすら聞こえなかった。少しして、兼続が気を取り直したように言った。

「ここからは城下がよく見えますね」

おせんは頷いた。

「よい眺めです」

「故郷の上田庄には、海はありません。この国に、このように開けた場所があることを、春日山に来てはじめて知りました。心持ちが大きくなった気がします。私もいつか、このような町づくりをしてみたい」

振り返ったおせんの目に、まっすぐ前を見つめる兼続の姿が映った。

兼続が自分よりも三歳年下であることを知ったのはそれからしばらくしてのことである。背が高く大人びた顔つきの上、話の受け答えがしっかりしているため、実際よりも年かさに見えていたのだった。

初陣がまだなのも、合点がいった。


見晴らし台からは郭の普請の様子がよく見える。夕方おせんが下を眺めていると、作業を終えた兼続が通りかかった。

「与六殿、お疲れ様です」

おせんはねぎらった。

「普請もはかどっているようですね」

兼続はおせんと並んで立ち、一緒にふもとを眺めた。

「仕上げの段階です。直江殿にはいろいろなことを教わりました」

「家でも父はよく与六殿のことを話すのですよ。とても優秀だと。先が楽しみだと言っていました」

兼続は素直に嬉しそうな笑顔をみせた。このようなところは、まだ子供っぽさが残っているのだ。

だが、そういう飾らない性格がおせんには好ましかった。

兼続は城内の女たちにも人気がある。整った面立ちに知的な表情が加わり、外仕事をすることで精悍さが増した。はきはきした物言いも爽やかである。屋敷の勝手口ではよく手伝いの娘たちが、きのうどこで兼続を見たとか、通りすがりに挨拶を交わしたとか言って騒いでいる。そんな兼続を、おせんも意識しないではいられなかった。兼続がどこかへ出かけたと聞けば、帰ってくるころを見計らって見晴らし台に出てみることもあった。

その甲斐あってか、しばしば、おせんと兼続は見晴らし台で顔を合わせた。少しずつ互いのことを話すうち、兼続もおせんと語りあう一時（ひととき）を楽しみにするようになった。

「この間、とてもよいことがありました」

その日もおせんの姿を見晴らし台に認めると、兼続は待ちきれないように話し始めた。

「御屋形様が私に、お城の書庫へ入ってよいと言ってくださったのです」

「書庫に」

「はい。書庫には古（いにしえ）の和漢の書物が所狭しと並んでおります。それを自由に読んでよいと」

「まあ」

この時代、本は貴重品である。出版の技術などないに等しく、ほとんどが人の手によって書き写されたものであった。大陸からもたらされた経典や歴史書、軍記などがほとんどであるが、その中に兼続は漢詩の一編を見つけたのであった。

「それで、少し気に入ったものを書き写してみました」

懐から折紙を取り出して見せた。

「これは、漢詩ですか。与六殿は漢詩がお好きなのですか」

「はい、上田庄にいたころ、雲洞庵(うんとうあん)の和尚様から習いました」

「私は漢詩はよくわからないのです」

おせんは戸惑ったように言った。

「私もわからないことばかりです。だからたくさん書物を読んで、わかるようになりたい」

「ずいぶん熱心なのですね」

「知りたいことを知りたいだけです。そして、できるようになりたい」

「与六殿は珍しいお人ですね。大抵はみな、教えられることを覚えるだけです。それ以上のものを求めていない気がします。何かを知りたいという気持ちを持っている人は少ないのではないでしょうか」

「でも、その方が楽しいではありませんか」

書き写した漢詩を見つめる兼続の生き生きとした姿が、おせんにはまぶしかった。


兼続が初陣を果たしたのは明くる年のことであった。出陣の前の日は出陣式である。謙信の戦勝祈願の後、実城の広間では宴会となった。上杉家は普段は質素な食事を旨としているが、出陣式の食事だけは豪勢なものとされており、みな、毎回これを楽しみにしている。女たちは前日から仕込んだ煮物や酒の肴を大皿に盛って運んだり、酒の準備をしたりと大わらわであった。広間では男たちが思い思いに円座を作り、賑やかなことである。おせんは順に酒を注いで回った。おせんの美しさは家中でも評判で、直江の姫さま、こちらへも、とあちこちから声がかかる。そんな人ごみの中をぬけて、おせんはようやく顕景と兼続の集う場所にたどりついた。

「喜平次様、おひとつどうぞ」

おせんは顕景の杯に酒を注ぐ。

「此度はようやく、与六殿の初陣となりましたね。喜平次様も嬉しいことでございましょう。これで、いつでも与六殿と一緒にいられますもの」

無口な顕景にとって、一を聞いて十を知るような兼続の存在はかけがえのないものである。これからは兼続が戦場でもそばにいると思うと顕景は内心嬉しさ以外何物もなかったのだが、おせんの前ではそんな素振りを見せず、黙って酒を飲んだ。

「私の方こそ、ようやく殿の御供をできるようになってとても嬉しいのです」

兼続は言った。この主従の仲のよさは並のものではない。実の兄弟以上に仲がよいとおせんは思った。そこに自分の入り込む隙間がないような気がして、悔しくさえもある。

「与六殿、初陣おめでとうございます。お守りを差し上げます。居多神社で特別にお願いしていただいてきたのです」

おせんは兼続のほうへ向き直ると、懐からお守りを出した。

「ご武運をお祈りしています」

差し出されたお守りを、兼続はかしこまっていただく。

「おせん殿、こちらにも酒を」

「はい、ただいま」

おせんは呼ばれて立っていった。

兼続の手の中には、おせんがくれた赤いお守りが載っている。

「よいのう」

顕景がぽつりと言った。


数か月ほどで春日山に戻った兼続は、その日、所用を言い遣って御館(おたて)へ出かけた。御館は前の関東管領上杉憲政(のりまさ)の居館で、春日山城からは一里ほどのところにある。用事をすませて城下まで馬を走らせてきたとき、横道からおせんの侍女、キヨが飛び出してきた。

「キヨ殿」

キヨは兼続の姿をみとめると、転がるようにそばへ駆け寄ってきた。

「いかがされました」

「ひっ、姫さまが……」

「おせん殿がいかがした」

ただならぬものを感じて兼続が言った。

「狼藉者に……」

「何！　どこだ！」

兼続はみなまで聞かず、問いただす。

「あちらでございます！　古いお寺でございます！」

キヨの指さすほうへ馬を飛ばした。

「おせん殿！」

城下へ買い物に来たおせんは、町娘が酒に酔った男に絡まれているのを見つけて間へ割って入ったのであった。すると男は娘を横へ投げ飛ばし、おせんに掴みかかった。

「春日山城下で狼藉など、許しませぬ！」

おせんは気丈に言い放ったが、男はおせんの手首をつかみ、廃寺の御堂の中へ引きずり込もうとした。武家の娘、それもよりによって上杉家宿老直江家の娘に狼藉を加えるなど死罪に等しいというのに、酔った男にはその区別もつかぬようである。

「離しなさい！」

おせんは毅然とした態度を取ろうとしたが、恐ろしさに声が震えるのを止められない。

「嫌っ、誰か！」

男は力任せにおせんを引き寄せて抱きつき、押し倒した。おせんの上に馬乗りになり、乱暴に襟元を開く。

「嫌っ、やめて、離して！」

なんとか身をほどこうとしておせんは抗った。

「うるせえ！」

男の大きな手がおせんの口を塞いだ。苦しい。おせんはもがいた。息ができず意識が遠のく。どこか遠くに兼続の声を聞いたような気がした。助けて、与六殿……。

「おせん殿！」

兼続は馬から飛び降りると、おせんに駆け寄った。男はおせんに夢中になっていたが、兼続に気づくとふらふらと逃げ去る。

「おせん殿！　おせん殿！」

気を失ってぐったりとしたおせんを抱きかかえると、兼続は叫ぶように呼びかけた。ほどなくおせんは目を開けた。

「おせん殿、大丈夫でございますか」

兼続は言った。

「与六……殿？」

おせんはぼんやりとした様子で兼続を見た。いましがたのことが少しずつ思い出されてきた。

突然、おせんの目から涙があふれた。怖かったのと、ほっとしたのがないまぜになって感情があふれ出たのであった。

男に掴まれたおせんの手首が赤くなっている。その上へ兼続はそっと手を添えた。

「もう、心配はございません。兼続がついております」

肩を震わせて泣くおせんを安心させるように強く抱きしめてから、兼続はおせんを抱き起こした。

そこへキヨが息も絶え絶えに走りこんできた。

「姫さま、ご無事で……」

へなへなとその場に座り込む。

「本当に、樋口様が通りかかられて助かりました。キヨはもう、心臓が縮みあがって……」

そんなキヨを見て、おせんは落ち着きを取り戻した。事の次第をキヨが話すのを聞いて兼続は呆れた。

「まったく、無茶をなさる」

乱れた着付けをキヨに直してもらう。それからおせんは兼続に頭を下げた。

「与六殿、ありがとうございました」

「それにしても、本当に無事でよかった。さあ、歩けますか。私が送って差し上げましょう」

兼続は馬を引いて歩き始めた。おせんも並んで歩いた。歩きながら、兼続の横顔を見上げる。もともと大人びている兼続であったが、初陣を果たしてさらに大人になったように見える。

「関東からの無事のお戻り、ようございました」

とたんに、兼続の表情が曇ったのがわかった。気まずい空気が流れる。何かいけないことを言ったであろうか。おせんは忙しく頭の中を回転させる。しかし思い当たることはない。兼続は口を閉ざし、視線を落としたまま歩みを進めた。先ほどまでの頼もしさは影をひそめている。

城門まで来たところで、ようやく兼続が口を開いた。

「おせん殿、私は戦には向いていないのです」

うつむき加減の姿勢が、自信のなさを物語っている。

「人を斬ることが恐ろしい。お家や親、兄弟、そしてこの越後を守るため、戦わなくてはならないことはわかっています。ですが、いざ戦いに臨むと、人の命を奪うことがどうしてもできないのです。死ぬときの苦しみを想像すると体が震えます。それに相手にも私と同じように帰りたい場所があり、会いたい人がいると思うと、それを斬り捨てるなどどうしてできましょう」

ぽつりぽつりと語るその横顔は、先ほどまでは気づかなかった、少年のあどけなさを残していた。

おせんはとっさに何を言えばよいかわからなかった。戦で華々しい手柄を挙げることが武士の本懐の、戦国乱世である。武功を立てられない者は、一人前と認められることはない。しばらく考えてから、

「そういう気持ちも大事でございましょう」

とだけ言った。そして話題を変えるように続ける。

「今日の出来事は父には秘密にしておいてくださいませ。私もキヨも叱られてしまいます」

茶目っ気を含んだ眼差しに、兼続はほっとしたように頷いた。

「直江殿のお加減はいかがでございますか」

景綱はこのところ体調を崩し、評定に顔を出さない日が続いていた。

「少しずつよくはなっているのですが。父は気が弱くなっているようです」

今度はおせんが顔を陰らせた。

「直江殿にはまだまだ上杉を率いてもらわねばなりませぬ。関東も今はおさまっておりますが、北条の出方次第では再び激しい戦乱ともなりましょう」

おせんは頷いた。そのまま千貫門（せんがんもん）をくぐり、直江屋敷の前で兼続と別れた。草履を脱いで屋敷へ上がると、

「おせん、お父様がお呼びじゃ」

母のたえが呼びに来た。景綱は関東から戻った直後は伏せっていることが多かったが、このところ

回復してきて体を起こしている時間も増えていた。

「おせん、婿取りの話だがの」

景綱はおせんが座るのも待たず、話し始める。

「柏崎の遠縁に頃合いのよい次男坊がいるが、いかがかと問うてきた」

「お父様」

おせんは父をまっすぐ見つめて言った。

「せんにはまだ、婿はいりませぬ。お父様が此度のご病気で気持ちが弱くなっておられるのはわかります。ですが、お父様にはまだ、上杉家家老として働いていただかなくては困ります。婿を取って早々にご隠居なさろうなどとのお考えはなさいますな」

相変わらずの気丈な娘である。これが男子ならばと景綱は思わずにはいられない。

「だが、おせん、そなたも十八じゃ。周りの女子はみな嫁に行っておるではないか」

「そのようなことは関係ありませぬ」

「何か、婿を取りたくない理由でもあるのか」

「それは……」

おせんは口ごもった。

……待ちたいのでございます。

そう言いたかった。

あの人がもう少し大人になって、直江を継ぐのにふさわしい力をつけるまで。お父様がよしと認める男になるまで。もう少し待たせてください。

心の中でおせんは願った。

天正三年（一五七五）正月、兼続の主、喜平次顕景は名を景勝（かげかつ）と改め、上杉喜平次景勝と名乗った。同時に弾正少弼（だんじょうしょうひつ）を受け継ぐ。この年の五月、長篠で武田勝頼が織田・徳川の連合軍に大敗を喫した。名門武田の敗北は世間を大いに驚かせた。時代は激しく動いている。


天正五年（一五七七）、十八歳の正月を兼続は能登で迎えた。越中へ出陣した謙信は、七尾城を攻略するため直江景綱に石動山（いするぎやま）城の築城を命じた。兼続は景綱の下で働きながら、築城を学んでいる。初陣を果たしてから三年、関東に五度、越中へは二度目の出陣である。

快晴の空に、上杉の毘（び）の旗が翻っている。それを眺めながら、兼続は謙信の言う義とは何であるのか考えていた。上杉家は謙信の掲げる義の志の下、固い結束を保っている。

救援を求められれば東へ西へと兵を出す、それができるのはすごいことであるが、と若い兼続は考える。いささか非合理的である。関東か越中か、まずどちらかを盤石にしてから他方へ挑むのではいけないのか。そうしないところに御屋形様の義があるのだろうか。

そこへ、景綱が通りかかった。ぼんやり毘の旗を見つめている兼続に声をかける。

「与六、いかがした」

「直江殿」

兼続は景綱に一礼すると、素直に疑問を投げかけた。

「御屋形様の義か。言葉に表すのは、なかなか難しいことよの。わしが思うに……」

景綱は毘の旗を拝むように手を合わせると言った。

「わしは、先代、先々代と三代にわたって長尾上杉家に仕えておるが、為景公の時代、長尾家は越後守護代であった。そこから多くの国衆を従えて越後国主となるには、並々ならぬ苦労を伴った。そこで御屋形様は義の志を掲げることで国衆の心をひとつにまとめようとされたのじゃ。二度の上洛は、足利将軍家からの頼みでもあった。上杉の力をもってして、越後のみならず日の本の乱世を終わらせてほしいとのご上意じゃった。それを御屋形様はお受けになったのじゃ。裏切り、謀り事が常となっているこの乱世を終わらせ、人と人とが信じあい、みなが安らかに暮らせる世をつくる。そのためには求められれば万難を排して手を差し伸べられる。それが御屋形様の義であろうか」

「しかし」

兼続は口ごもったが、思い切って言った。

「呼ばれるたびに手を差し伸べているだけでは、何事も進まぬのではありませんか。苦労して敵を追い払ってもまたすぐに元へ戻ってしまう。国衆に対し強い統治をなさらないのはなぜでしょう」

景綱は兼続を見て笑った。

「そうじゃの。そなたは素直でよい。だがそれが関東管領である御屋形様の政なのだ。国衆の自治を尊重なさる。そなたの言うこともわからぬではないがな」

景綱はそう言うと兼続の肩をたたき、これから先はそなたらの時代ぞ、と言って立ち去った。

柏崎から婿を迎えるというおせんの縁談は、その後景綱も回復し元通り政務に携われるようになったことと、おせんが色よい返事をしなかったことで立ち消えとなっていた。

しかし越中滞陣で再び体調を崩した景綱は春日山へ戻され、そのまま床に伏せてしまった。おせんの縁談話が慌ただしくなったのはこのころからである。

「与六殿ではいけませんか」

脇息で体を支える景綱に、おせんは思い切って打ち明けた。景綱の脳裏に、毘の旗を見つめていた兼続の姿が浮かんだ。もうあと何年か時があれば。おせんと似合いの夫婦になるやもしれぬなと思った。が、

「あれは見込みのある男じゃ。才がある。機転も利く。だが、若輩のうえ、戦での武功がない。そして喜平次様の近習としての務めもある。今、我が直江家に必要となるは、即戦力として御屋形様を助けることのできる武将じゃ。わしがもう少し命ながらえば、あやつの成長を待つこともできようが、それは叶わぬ。よいか、御屋形様を助け、上杉家を支える、それが我が直江家の務めぞ。そなたには、すぐにでも婿を取りこの父を安心させてもらいたいのじゃ。御屋形様自らお声がけくださった。惣社（そうじゃ）長尾家ならば、家格としてはあちらの方が上じゃ。もったいない縁組だと思え」

景綱は痩せて骨ばった手で、おせんの手を取った。


春とはいえ、春日山の周囲はまだ至る所に雪が残っている。今朝方からは風が強く、木々が大きく揺れていた。兼続は城内を見回り、足早に遠侍（とおさむらい）に戻った。中では上田衆の若い者たちが何やら話に興じている様子である。草鞋（わらじ）を脱ぎ、板の間に上がる。

「なんと。相手は誰だ」

藤右衛門が目を見開いている。

「惣社長尾家から入られるそうだ。御屋形様の肝煎りであろう」

「なぜじゃ。なぜ人の妻になってしまわれる。我らのおせん殿ではなかったのか」

火鉢にかかった釜から白湯を注ごうとした兼続の手が止まった。

おせん殿？

その意味を理解したとたん、周囲の景色から色が消えた。

「何を言っておる」

年長の仁助があきれたように言う。

「そりゃまあ、上杉家筆頭家老の一人娘じゃ。我らなどとつり合いがとれぬことくらい承知の上よ。だがのう、ちらと見るだけで心が弾むではないか……」

手にしたひしゃくから湯がこぼれそうになっている。兼続は自分の思考が停止しているのがわかった。

いつか、城下でおせんを助けたことを思い出す。華奢な体だった。ほのかに花の香りがした。そのようなことをそこはかとなく思い出すと、何か大きな冷たい塊を胸の底に押し付けられたような気がした。それは兼続にとって、初めての感覚であった。

「して、婚儀はいつだ」

「来月と聞いているが」

話し声がぼんやりと聞こえていた。なぜ自分がこんなに動揺しているのか、兼続にはわからなかった。自分の気持ちをうまく説明できないのは初めてのことであった。

## 動乱

雪解け水が田畑を潤し春日山が遅まきの花の季節を迎えるころ、おせんの婚礼がつつがなく執り行われた。婿入りした直江信綱はこの年三十一歳である。十年ほど前に武田の圧迫を逃れ、父長尾景貞に従って上野から越後へ亡命してきた。死別した前妻との間に四歳になる男子が一人あったが、此度の婿入りに際し出家させている。

景勝の名代で婚礼の祝いに参上した兼続は、控えの間で順番を待っていた。社交の場を好まない景勝が、上杉一門の筆頭であることを幸いに名代で事をすませようとするのは想定内のことである。だが本心を言えば、誰か他の者に代わってほしい役目であった。名前を呼ばれ、前へ出る。兼続は着座して、ありきたりの口上を述べた。

「主、御中城様(ごちゅうじょう)の名代としてお祝いの言葉を申し上げます。この度のご結婚、まことにおめでとうございます。……」

一礼して顔を上げた時、一瞬おせんと目が合った。その刹那、おせんの瞳の奥で何かが揺れた気がした。

直江屋敷を辞した後、兼続は見晴らし台まで来て立ち止まった。純白の婚礼衣装に身を包んだおせんは、それは美しかった。あの時、おせんの瞳の奥に何かを見たような気がしたのは自分の思い過ごしか。

「詮無いこと」

兼続はつぶやいた。おせんの隣には自分が座っていたかった。小さくため息をついた兼続は、今はっきりと自分の気持ちに気づいたのだった。足元に群生する片栗(かたくり)は普段の年と変わらず濃い赤紫の花を咲かせている。この花を以前、おせんが好きだと言っていたことを思い出す。目を上げると、遠く鷹が舞っていた。残雪を頂く山並みの遥か高みに、一羽だけ優雅に翼を広げている。その孤独が今の兼続の心に寄り添うようであった。

婚礼の行事が一通りすみ落ち着きを取り戻したころ、おせんと婿の与兵衛信綱は景綱のもとへ呼ばれた。景綱は布団の上に起き上がっていた。母のたえがそばに控えている。

「与兵衛殿、おせん、これはわしの遺言と思え」

「父上」

言いかける信綱とおせんを片手をあげて制し、景綱は二人の顔を順に見据えた。久方ぶりに見る、父の強いまなざしである。

「上杉家の跡目のことじゃ」

信綱とおせんは首を傾げた。

「跡目を継がれるのは、道満丸（どうまんまる）様、御名代を務めるのは喜平次様と聞いております」

「いかにも。道満丸様が家督を継がれるまでは、喜平次様が後見としてお家を率いられる。越相同盟が結ばれたころ、御屋形様は三郎殿を跡継ぎにと考えておられた。しかし、同盟が破綻してからは考え直された。上野、武蔵の反北条勢力と足並みをそろえるには、北条出の三郎殿では不都合があるからの。それゆえ、三郎殿が身を退く代わりに嫡男道満丸様を跡目とすることでご納得いただいたのじゃ」

上杉三郎景虎は七年前の元亀元年、越相同盟の人質として北条氏から差し出され、それを謙信が養子として迎えた者である。眉目秀麗、武芸に秀で温和な性格の景虎を謙信は可愛がり、自らの初名、景虎を与えたばかりでなく自身の姪、すなわち景勝の姉を妻として娶らせていた。二人の間には道満丸という嫡男も生まれていた。

「それがいかがしましたか」

「うむ、家督の引継ぎがなされた後も、御屋形様がご隠居として三郎殿と喜平次様の抑えとなられるならば問題はなかろう」

あっ、とおせんは思った。

「だがわしが案じるのは、そうでなかった場合のことじゃ。御屋形様に急のことがあったとき、何が起こると思う」

信綱もおせんも黙り込む。

謙信が昨年来、体に不調をきたしていることはおせんも耳にしていた。しかし、それが跡継ぎ問題とは結び付いていなかった。

「三郎殿が表へ出てこられるとでも？」

「それはわからぬ。だが、家督の相続はお家の一大事じゃ。何が起こるかわからぬ。何事も起こらねばそれでよいが、そうでない場合には」

「そうでない場合には」

「我が直江家は、喜平次様を推す」

華のある三郎景虎に対し喜平次景勝は、謙信と同じ長尾の血を引くとはいえ、無口で滅多にその表情を変えることもない。芸事に対する関心が薄く、趣味といえば、日々刀剣を磨くことのみである。その眼光の鋭さは、景勝を取り巻く上田衆でさえ畏怖するものであった。唯一兼続だけは気が合うようで、始終そばにいて話し相手になっている。

「喜平次様を」

北条の出である景虎が跡を継ぐようなことになれば、越後はたやすく北条の手に落ちるだろうことは、おせんにも信綱にも明白なことであった。二人の人物を比較したとき、一見社交的で口の立つ景虎のほうが大将にふさわしくも思える。だが、景勝は人となりとしては何を考えているかわかりづらくとっつきにくいものがあるとはいえ、その度量は大きい。上田衆という家臣団の結束の強さが、何よりもそれを物語っている。

「承知しました」

信綱は頭を下げた。

それから間もなく、花吹雪の舞う朝に景綱はこの世を去った。

その年の閏七月、謙信は石動山城を足掛かりとして再び七尾攻めを行い、これを落とした。その勢いを駆って手取川で柴田勝家に大勝し、十一月、意気も高く春日山へ戻った。

「織田を退治し、ようやく越中も落ち着き申したな」

「これで関東にも本腰を入れることができまする」

「御屋形様は来春早々には関東出陣のお触れを出されるそうじゃ」

「それがすめば、いよいよ向かうは京じゃ」

家来衆が戦勝気分に沸き立っている中、一人おせんの夫、直江与兵衛信綱は浮かぬ顔をしている。婿になるとは難しいことだ、と信綱は思った。ただ婿入りするだけでは家中を治めることはできないということを思い知らされた。昼間のことである。

「畏れながら、……」

と源左衛門は言った。信綱が発給した、与板衆への知行宛行に関する文書についてである。

「奥方様にもご連署いただけませぬか」

信綱はそう言った源左衛門の顔を苦々しく思い出す。

「奥方様には与板におわすころから先代景綱様の名代として様々なお取次をお願いしておりましたゆえ、家中の者も奥方様のご署名があれば安心いたしまする」

「そなた、わし一人では信用ならぬと申すか」

「そのようなことではございませぬ。されど、与兵衛様はご当家へ入られてからまだ日も浅い。家臣との絆はゆるゆると育んでいかれるのがよろしかろうと考えまする」

信綱は忌々しさを奥歯で噛み殺した。婿入りしたばかりの、この始めこそ、威厳を保つことが肝心なのである。ここでおせんの力を借りなければならないとすれば、行く末は目に見えている。

「源左衛門がそなたと連署せいと言ってまいった」

おせんはどきりとした。

「そのようなことを、源左衛門が……」

信綱は折紙をおせんのほうへ投げてよこした。知行宛行の文書である。気位の高い信綱は、さぞ気を悪くしたことだろう。おせんはいたたまれない気分で言った。

「申し訳ございません。与板の者は頑固でございますゆえ、新しいことになじむには時がかかるのでございます。ひとたび心を許してしまえば、これほどに一途な者はないのですが。源左衛門には私からよく言って聞かせます。あの者の差配で、与板衆を治めよと」

「もうよいわ。そなたがここへ署名すればよいだけのことよ」

言い放つと信綱は席を立った。

その夜も信綱の機嫌は直らなかった。聡いおせんのことである。自分がこれまで与板衆と築いてきた信頼関係が信綱を受け入れるための障害となっていることはよくわかっていた。おせん自身もそれを気にしてなんとか信綱を立てようとするが、与板衆がおせんを慕う気持ちも無下にすることはできない。

信綱も決して凡庸な男ではない。しかし、並の男に勝る内政能力を持ったおせんを妻としたことが信綱の不幸であった。与板衆が信綱よりもおせんを主と見ていることは、火を見るよりも明らかであった。気まずい空気はなかなか消えなかった。日に日に冷えていく夫婦仲を、おせんはどうすることもできなかった。

愁いを胸に、おせんは見晴らし台へ出た。久方ぶりのことであった。見渡す限りの雪景色である。自分の屋敷にいて息苦しいと感じたのは初めてであった。大きく息を吸って、吐き出す。与板へ帰ろうか。ふとそんな気になった。

兼続は城下の様子を見に行って帰ってきたところでおせんの姿に気が付いた。雪の中に、いつもより儚く見える。おせん殿、と声をかけようとして思い留まった。人妻である。結婚以来兼続は、おせんとどのくらいの距離を取ればいいのかがわからなくなっていた。これまでのように、気軽な話はできなくなっていた。自分の気持ちに気づいてしまった今、手を伸ばせば伸ばすほど、おせんが遠くなっていくように感じられた。

おせんはふと振り返った。兼続である。もの問いたげな目でこちらを見ている。

「与板へ帰ろうかと考えておりました」

「この雪の中を？　与板で何かあったのでございますか」

「いえ、そういうことではないのです。ただ……」

おせんは小さく首を振って続けた。

「ただ、少し恋しくなったのです。ここしばらく戻っていないものですから。でも、そうですね、この雪の中を行くことはできませんね」

　おせんは口を引き結んで寂しそうに笑った。

　結婚してから大分雰囲気が変わった、と兼続は思った。奥方になるというのはそういうものか。快活だった娘時代を封印したかのようなおせんの姿に、なぜか胸の痛みを感じる。

「おせん殿、もう屋敷へ入られませ。羽織も羽織らず、寒いことでしょう」

「よいのです。もう少しこうしています」

　おせんは兼続に背を向けて言った。

「では、お風邪を召されませぬように」

　そう言って兼続は立ち去った。おせんの心が遠い。すっかり自分の手の届かぬ所へ行ってしまったと感じずにはいられなかった。

　兼続が去っていく気配を背中で感じながら、おせんは視線を上げた。何かがこぼれ落ちてこないように。


「与六、一大事じゃ」

　駆け込んできたのは、上田衆の泉沢久秀（いずみさわひさひで）である。

「御屋形様が倒れられた」

「何！　いつ、どこで」

「さきほど、厠でお倒れになったということだが、詳しいことはわからぬ。殿にすぐに実城へ参られるようお伝えしてくれ」

「あいわかった！」

兼続は急いで景勝の居室へ向かった。

実城では、謙信の姉であり景勝の母である仙桃院が謙信のそばに侍っていた。医者が脈をとっている。兼続は景勝の後ろに控えて座った。

「ご回復は難しいやもしれませぬ。たとえ目を覚まされても、元の通りにはいかぬでしょう。また明日参りましょう」

そう言って医者は出ていった。そこへ三郎景虎が駆けつけた。

「御屋形様のご容態は」

「なかなか難しいようじゃ」

仙桃院が首を振る。

「集まった軍勢はどういたしましょう」

兼続が言った。その年、謙信は年明けすぐに関東出陣の触れを出しており、諸将を春日山に集めていた。城下には五千を超える軍勢が戦支度を整えて勢ぞろいしている。

「一旦己が領地へ戻るよう指示を出しましょう」

景虎が仙桃院と景勝に諮るように言った。越後一国といっても、謙信の威光でもって各地の国衆を束ねているだけの状態である。謙信が倒れたとなれば、その結束が崩れ誰がどのような野心をもたげてくるかもしれぬ。これを好機と春日山に攻め込まれることだけは避けねばならなかった。

「御屋形様がお倒れになったことは、まだ一部の者しか知りませぬ。今のうちに、軍勢を引き上げさせるのが安全かと思います」

「では、そのようになされ。景虎殿、頼みます。それからもうひとつ、大事なことじゃ」

仙桃院は景勝と景虎を見つめて言った。

「御屋形様がこのままお亡くなりになったときは、かねてからの申し合わせの通り、道満丸を世継ぎとし、景勝殿が名代となる、これでよろしいな」

景勝と景虎は神妙に頷いた。

「仰せのままにございます」

それを聞くと仙桃院は安堵のため息を漏らした。

「そなたら二人、手を取り合って上杉家を盛り立ててくだされ」

軍勢の引き上げは粛々と行われた。

倒れてから四日後の三月十三日、上杉謙信は四十九歳の生涯を閉じた。葬儀の後、景勝は速やかな家督継承のため、後見役として道満丸を引き取りたいと景虎に申し入れた。ところが、ここに思わぬ事態が発生した。景虎が道満丸の引き渡しを拒んだのである。

「喜平次殿が御名代となられることは承知しております。しかし、道満丸はせめて元服をすませるまで、我が手元にて育てたいと考えます」

「それでは筋が通らぬのではありませぬか」

景虎の言い分に、重臣たちは首をかしげた。道満丸が実城へ入らねば、当主としての示しがつかず、名代としての景勝の威厳にもかかわってくる。しかし、景虎は頑なに引き渡しを拒絶した。解決の糸口が見えない中、景勝が言った。

「しかたあるまい。これについてはこの後も引き続き話し合いをするとして、とりあえず私は実城へ移る。ご異存はなかろう」

「構いませぬ。が、私も春日山城下の屋敷に移りたいと思います」

　中城から実城へ移る景勝と一定の距離を保ちたいということであろう。その場は互いの言い分通りに合意し、翌日景勝は実城へ、三郎景虎は道満丸を連れて三の丸から城下の春日屋敷へと居を移した。

「元服までとは言いますが、三郎殿はいつまで道満丸様を手元に置かれるおつもりでしょう」

　実城へ入った景勝に、兼続は問うた。

「どういうつもりかわからぬが、三郎殿とて道理のわからぬ者ではない。冷静になれば引き渡しにも応ずるであろう」

「そうであればよいのですが」

　そのころ、三条城の城主、神余親綱（かなまりちかつな）のもとに、謙信の死を知った蘆名（あしな）氏が越後侵攻の準備をしているという情報が入った。これを警戒して、親綱は領民が蘆名方へ離反せぬよう、人質を集めた。このようなことは謙信時代にもあったことで、緊急の際には独断で人質を集め、不穏な動きがないか監視するのが親綱の役目ともいえた。

　だが、景勝が名代に立ったばかりの春日山はこれを不審とした。家督の変更があったばかりのこの時期に、家臣の勝手な動きを警戒するのは当然のことである。景勝は急ぎ詰問使を三条へ送り起請文を提出せよと迫ったが、これは謙信の時代に京都代官まで務めた親綱にとっては屈辱的なことであった。

「御館の御隠居様が神余殿の赦免を申し入れられてございます」

景勝と親綱のぎくしゃくした関係を修正しようと、前の関東管領上杉憲政が仲裁に入ってきた。

「新体制を速やかに軌道に乗せようとするこの時、諍い事は禁物じゃ。神余殿もよかれと思ってやったこと。ここは大目にみてやってはどうかの」

実城へおもむいた憲政はとりなすように言った。

「新体制を軌道に乗せる今こそ、その方針の揺るぎなきを見せるとき。若輩者のそれがしは亡き御屋形様のように越後を治めることはできませぬ」

謙信は国衆や信のおける家臣に自由な権限をもたせつつ、それを統括するような立ち位置で間接的な統治をしていた。一方景勝の母体である上田長尾氏は、領内すべての土豪を直接支配下に置く中央集権的な政治である。家臣や国衆の権限を制限し自らに権力を集中させていくことの方が景勝にとって自然なことであった。親綱が謙信の厚い信任を受けていたとはいえ、当主交代のこの時期、景勝の許可を得ない行動を容認することはできなかった。

憲政だけでなく、栃尾城主本庄秀綱も親綱の赦免を願い出たが、景勝は頑としてこれを否定した。

「喜平次様が御名代となると、我ら、これまでと同じにはやっていけそうにはないな」

眉間に皺を寄せるのは本庄秀綱である。同じように苦い表情なのは神余親綱である。

「謙信公は我らの自由を容認してくだされた。だが喜平次様ではそうはいかぬ。すべて伺いを立て、許しを得ねばならなくなるぞ」

「まこと、その通り。神余殿の一件でそれがはっきりし申した」

「前々からの取り決め通り喜平次様を名代にと思っておったが、安易に受け入れてはならぬやもしれぬ」

「離反するか」

神余親綱は頷く。

「だが、手切れとなれば、我ら叩かれる前に打って出ねばならぬ」

「いかにも。して、どうする」

親綱は越後の絵図を広げた。

「わしは大場あたりでひと戦する」

「ならば」

と秀綱も扇子で絵図を指す。

「わしは、ここ、与板を攻める」

「直江殿の本拠地か」

秀綱は頷いた。今回の家督相続において景勝を最もそばで支える直江氏の居城を叩くことは、上杉からの離反の意を明確に示すことであった。

「だが」

と神余親綱は言った。

「わしらだけでは越後一国を相手にできぬ。我らと考えを一にする将を集めるのじゃ。そのためには、喜平次殿に対抗できるだけの旗頭が要る」

秀綱は親綱を見た。

「これ以上ないお人がおわす。三郎殿じゃ」

上杉三郎景虎。謙信のもう一人の養子を旗頭に担ぎ上げようというのである。親綱は、部屋の隅で二人のやり取りを黙って聞いている御館の主、上杉憲政を振り返った。

「御隠居は柿崎殿との縁がある。そこから三郎殿に話を持ちかけてもらえませぬか」

憲政は返答に困った。北条氏の圧迫により越後へ逃れてきた憲政は、謙信の越相同盟、景虎との養子縁組に際しては口を挟まず傍観者の立場を決め込んできたが、今積極的に景虎を大将に立てることにはやはり抵抗があった。さりとて両脇から神余と本庄に迫られると、それを断る勇気もない。二人の気迫に気おされて、憲政は頷いた。

「本庄秀綱が栃尾城より与板へ向けて兵を進めております」

伝令の報告に、実城に詰めている重臣たちはどよめいた。

「しかしそれがし、今春日山を離れるわけにはまいりませぬ」

信綱は歯噛みして言った。つい先日、大場で神余の謀叛が起きたばかりだ。先行きがわからない今の状態で信綱が与板へ向かうわけにはいかない。景勝は頷いた。

「ここは与板の者共に踏ん張ってもらうしかあるまい」

「はっ。すぐにでも檄文を書き送りまする」

信綱は一礼すると、足早に退出した。

信綱が与板へ行けないことはおせんにも理解はできた。しかし、気持ちは穏やかではない。もしも与板が落ちればどうなる。自らの激励の意を伝えるためカケスを与板へ遣わしたいが、おせんはその気持ちをぐっとこらえた。出過ぎたことはせぬ方がよい。何事も与兵衛様に任せておくのだ。そう自分に言い聞かせた。

神余、本庄らの不穏な動きを受け、景勝は念のため城下の景虎に監視をつけていた。道満丸を連れた景虎が神余らに与することにでもなれば一大事である。しかしその監視の隙をついて景虎が御館に入ったのは、謙信の死から二か月がたった五月十三日のことであった。

「三郎殿、よくご決心くだされた。我ら、三郎殿こそ上杉の名代、いや跡継ぎとしてふさわしいと考えております。喜平次殿は謙信公が認めてくださっていた我らの権限を制限しようとなさる。あの無口で人付き合いの悪いお方には、謙信公と同じ政はできぬのです」

「だが、三郎殿ならできる。我らはそう信じております。三郎殿こそ謙信公の功績を引き継がれるお方です」

神余親綱と本庄秀綱の言葉に、景虎は感動して答えた。

「よくぞ申してくれた。そなた達の期待に私も応えたい。力を貸してくれ。私にはこの戦に勝った後の展望がくっきりと見えておる。越後、相模、甲斐の三国同盟じゃ。そなたらのことも大いに引き立ててようぞ」

相模の北条は実家、甲斐の武田は妹の婚家先である。自分であれば破綻した越相同盟を再締結するのみならず、武田も加えた三国同盟に発展させることができると景虎は自負していた。そうすれば、関東もおのずと三国でうまく分け合うことになるだろう。景虎の言葉に従う将は日増しに増えていった。

景虎脱出の報に、春日山はにわかに緊張の度を増した。

「来る時が来たか」

景勝がつぶやいた。景虎が御館方に担ぎ出されたとなれば、これはもはや謀反の鎮圧ではなく、景勝と景虎どちらが家督を継ぐかの争いである。

ここも間もなく戦場となる。

見晴らし台からの景色を眺めながら兼続は思った。

御館方は城下三千戸を焼き払い、春日山城へ攻め込んだ。不意を突かれた城方だったが、これをよく防ぎ御館方の大将桃井伊豆守を討ち取って緒戦を制した。だが御館の景虎には大きな後ろ盾がある。

景虎からの援軍要請を受けた兄の北条氏政は、同盟を結んでいる甲斐の武田勝頼にも働きかけた。武田は信濃海津(かいづ)城から北上し、春日山に照準を合わせて布陣した。景勝は苦しい立場に追い込まれた。

この局面をどうやって打開するか。じっとしていては滅亡、さりとてこの状況で打って出ても滅亡である。実城では重臣たちが額を突き合せ、軍議に軍議を重ねた。しかし、重苦しい空気が漂うだけである。兼続もうつむき加減に末座に控えている。

「武田と結ぶしかあるまい」

沈黙を破ったのは景勝であった。みな、はっとして景勝を見つめる。一瞬の後、重臣たちは口々に異を唱え始めた。

「しかし、武田は亡き御屋形様以来の宿敵。盟約を結ぶなど、考えられませぬ」

「それに、北条との縁戚でもあります。易々とは受け入れませんでしょうな」

「同盟を持ちかけて、失敗したらどうなるとお思いか。我らは末代までの笑いものじゃ」

「どの道滅亡するなら、潔く死んだほうがましでござる」

「いや」

景勝がさえぎった。

「我らの使命は越後を守ることである。滅亡するとしても、全ての手を尽くしてからのことだ」

「しかし、盟約となれば、破格の条件を出さねばならないでしょう」

家臣たちがざわめく。

「東上野と信濃飯山城を割譲する。加えて黄金五十枚を贈る」

景勝が言い放った。

昨夜のことである。兼続は景勝と対座していた。

「兼続。我らは何のために戦っているのだ。わしは、三郎殿と争うつもりなどなかったのだ」

景勝が問いかける。そして続けた。

「我らは一体何を守ろうとしているのだ。わしに力がないばかりにこのような戦となってしまった。亡き御屋形様の志を引き継いでいくには、力がなければならぬ。わしよりも三郎殿の方が力があるというならば、三郎殿でもよいのではないか」

兼続は少し考えてから言った。

「我らは越後を守らねばなりませぬ。越後は上杉家、長尾家が古くから治めてきた土地でございます。この地だけは何としても守らねばなりませぬ。ですが、三郎殿に越後を守ることができましょうか。上杉の義を忘れ、この戦に勝つことだけを考えて北条と武田に越後侵攻を促す三郎殿に、越後を託せましょうか」

景勝は黙って聞いている。

「殿。この状況を打開するために、武田と結ぶというのはいかがでございましょう」

「どうやって結ぶというのだ。北条と武田の同盟は強いぞ」

「長篠の合戦の後、武田は織田からの圧力に難儀しております。織田に対抗するには北条と結ぶより我らと結んだほうが利がありましょう」

「しかし、こちらから話を持ちかける以上、手土産がなければならぬだろう」

「東上野と飯山城を譲り渡すのです」

「……何！」

さすがの景勝も顔色を変えた。

「加えて黄金も差し出すのがよろしいでしょう」

「黄金までもか」

「はい。今の状況では、我らに勝ち目はございません。つまり、このままでは我らはすべてを失います。信濃、上野のみならず、この越後も。では仮に戦を避け、三郎殿に家督をお譲りなされたとしましょう。三郎殿は北条の血を引くお方。どんなに三郎殿が上杉であると主張しようとも、北条の血は消せませぬ。やはり越後、上野は北条のものとなり、信濃は武田のものとなりましょう。いずれにしても、越後は敵の手に落ちます。ならばこの際、背に腹は代えられぬと思うのです」

景勝は兼続の目を見据えている。兼続は物怖じせずに続けた。

「他を捨ててでも、越後を守るための活路は見出さねばなりませぬ。ただし、同盟と言っても北条の手前、武田も大っぴらに我が方へ加勢することはできぬでしょう。我らはそれでよしとせねばなりませぬ。御館に手を貸さぬよう頼むのです。機は一度きり。盟約の交渉に失敗することは許されませぬ。そのためには領土の割譲のみならず、現金の提示も必要と考えます」

そう言って兼続は深く頭を下げた。


「信濃、上野を、武田にわたすなどと、御戯れがすぎまする！　それに黄金までも！」

重臣たちは声を荒らげる。

「戯れではない。考えてもみよ。亡き御屋形様が上野や川中島で戦った時、御屋形様はかの地が欲しかったのであろうか。そうではあるまい。かの地の者たちが上杉の庇護を受けたいと申したから出向いたまでじゃ。しかし今この内紛の上杉に上野、信濃を守る力があるか。守れぬのであれば、こちらから手を引いたとて同じことであろう。それで越後を守ることができるならば、それがよい」

景勝の毅然とした態度に、感情を昂ぶらせていた家臣たちも落ち着きを取り戻した。武田へは須田満親（みつちか）、毛利秀広（ひでひろ）、新発田（しばた）重家が使者としておもむくこととなった。


「殿、よくご決断なされました」

評定の後広間に残っていた兼続が景勝に言った。

「兼続、人の上に立つとは、覚悟のいることだな」

「しかれども、殿ならば立派にそのお役目、果たされましょう」

「重い役目じゃ」

春日山からの提案を受け入れた武田勝頼は、景勝と景虎の和睦を斡旋するという体裁をとって春日山城下に入った。そしてしばらく城下に滞陣した後、甲斐へ兵を返した。頼みにしていた武田が春日山と気脈を通じたのに驚いた景虎は、兄氏政に宛て矢のように援軍を催促した。

一方、本庄秀綱は与板城への攻撃を繰り返していた。信綱は六月に一度与板におもむいたものの、春日山を長く留守にするわけにもいかず、その後は在番の者に与板防衛を任せたままになっている。

「私が与板へ参ります」

おせんの無謀とも思える発案に信綱は怒った。

「何をたわけたことを！　そなた、自分が何を言っているかわかっておるのか！」

「承知しております」

「この戦の中、女の身で、与板の城へたどりつくことさえ難儀なのだぞ」

「ですが、あなた様はここ春日山にて喜平次様の手足とならねばなりませぬ。与板の城は誰が守るのです」

万が一与板が落ちるようなことになれば、景勝方は一気に劣勢となる。

「与板在番の者にはわしから文を出す。案ずるな」

「では、その文を私が届けます。在番の者だけに任せきりにすることはできませぬ。主従ひとつになって働くが我が直江家でございます。私とて槍働きこそできませぬが、兵の士気を上げるくらいはできましょう」

おせんも引き下がらない。

「ならば、好きにするがよい。与板の者共もそなたの差配であれば素直に聞こうて」

信綱はそう吐き捨てると、荒々しく部屋を出ていった。

信綱が怒るであろうことはわかっていた。出過ぎたことはよそうと自制していたおせんである。しかし、度重なる本庄軍の攻撃に、与板を守る者たちも疲れてきているはずである。与板は何としても守らねばならぬ。与板は生まれ育った故郷でもあるのだ。

それに、このところの屋敷内の息苦しさは尋常ではなかった。与板の者たちに激励文と感状を発給するばかりの有様に苛立ちを抑えることができない信綱と少し距離を置きたい、それがおせんの本音でもあった。

「おせんが与板へ向かっただと」

信綱から報告を受けた景勝は眉根を寄せた。景勝の隣で兼続も顔を強張らせる。

「なぜ許した。あまりにも危険であろう」

「は、それがしも止めはしたのですが」

「供はどのくらい連れておる。直江の奥と知れれば栃尾勢は容赦はせぬぞ」

「あまり多すぎても目立ちますゆえ、手練れのものを二名と忍びをつけております」

「無事に城へ入れればよいがの」

「今は待つしかありません。道中万が一の時には捕虜となる前に自害すると言うて出ていきました」

自分の身柄が戦の枷となることを避けるためのおせんの覚悟であった。

景勝は大きく息を吐いた。兼続は心の中でつぶやく。おせん殿、どうかご無事で。


おせんはカケスを道案内として与板へ向かった。自分の身勝手な振る舞いに腹を立てた信綱であるが、供には信綱自身が上野から従えている惣社衆の中から腕利きの者を選んでくれている。もちろん、妻が敵方の手に落ちるというような失態を犯したくない信綱の本心も見え隠れはしているが、それでも側近の中から最も信頼する部下をつけたのはおせんへの思いやりであろう。百姓女に身をやつし、夜陰に紛れ府内湊から忍びの用意した船に乗り込む。沿岸を進み、出雲崎の辺りで陸に上がった。敵の哨戒をかいくぐって城へ入る。景綱の葬儀の際に戻って以来、久方ぶりの与板である。城では源左衛門が出迎えた。

「姫さまの男勝りもここまでとは思いませなんだ。道中危ないことはありませんなんだか」

「カケスが案内をしてくれましたから。それよりもみな、よく戦ってくれているようですね」

「栃尾勢など、我らの敵ではありませぬ。しかし姫さまがおいでになれば、みな益々働きましょう。おお、そうじゃった」

　源左衛門は振り返ると、下座へ控えさせている若武者を呼んだ。

「こやつは志駄源四郎義秀と申しまして、見どころのある輩でしてな。ゆくゆくは与板衆を束ねる者となりましょう」

　前へ出て挨拶をする義秀におせんは言った。

「よろしく頼みます」

　信綱の怒った顔が頭の隅にはあるが、おせんは与板へ来てよかったと思った。戦場とはいえ懐かしい風景の中で、久々に心がのびやかであった。こうして信綱と少し距離を取るのもよいかもしれないと思った。

　北条氏政は自身が北関東の反北条勢力との戦線にあったため、越後侵入が遅れた。九月になりようやく氏照、氏邦が三国峠を越え樺沢城を攻略したが、景勝の本拠坂戸城を落とせないまま降雪期を迎え退却した。雪が解け北条勢が再度侵攻してくるまで、景虎は越後国内の勢力だけで景勝と対峙していかなければならない。しかし、上野から御館方へ参陣した北条景広の与板攻撃も、与板衆の奮戦の前に城を落とすことができなかった。御館軍はその後も各地で敗戦を喫し、情勢は日に日に景勝有利に傾いていった。

年が明け、天正七年（一五七九）の春を迎えた。兼続は二十歳となった。

冬風吹尽又迎陽
春色悠悠晷運長
池上垂糸新柳緑
檻前飛気早梅香

冬風吹き尽くして　又た陽を迎う
春色悠悠　晷の運ること長し
池上糸を垂れ　新柳緑に
檻前気を飛ばして　早梅香し

「できたか」

詩作に励む兼続のところへ景勝がやって来た。

「はい、歳旦の詩でございます。いかがでしょうか」

色紙に書かれた漢詩を景勝は見つめる。

「清々しいのう」

景勝は縁に出て、庭を眺めた。兼続もそばに控えるように立つ。

「今年はどのような年になるかの」

「冬には武田の姫がお輿入れにございます。殿にとっては大きく変わる一年となりましょう」

「うむ。この戦も、雪が解ける前に決着を着けねばならぬ。雪が解ければ、また北条が兵を差し向けてくるであろう。兼続、総攻めの触れを出すぞ」

「しかし、御館には仙桃院様がいらっしゃいます。よろしいのでございますか」

「引き渡しを求める。使者を送れ」

「道満丸様とお方様はどうされます」

「向こうが決めるであろう」

兼続は一礼して退出した。

二月に入り、景勝は御館に総攻めを仕掛けた。御館方からは北条景広が大将として出てきたが多勢に無勢である。脇腹に二か所槍をつけられ重傷を負って御館へ引き下がった。

「あの様子では、長くは持ちますまい」

春日山の思った通り、御館へ下がった景広はその夜のうちに死去した。

景広の敗北はこの内乱の勝敗を決定づけるものであった。

「これ以上は戦えまい」

御館では、景虎ががっくりと膝をついた。

「いかがなされます」

周りには妻である華姫と嫡男道満丸、義母である仙桃院と御館の主上杉憲政が集まっている。

「わしはひとまず北条を頼って落ち延びる。軍勢を引き連れひと月のうちに再びここへ戻る。そなたは道満丸と共にここに残り、わしの再起を助けよ」

景虎は妻に言った。

「道満丸はここで無事にいられましょうか」

「当然じゃ。道満丸こそ上杉の跡目ぞ。これに危害を加えることはあるまい。それに喜平次殿にとっても実の甥ではないか」

「でも、お連れになられた方がよいのでは」

「それでは時間がかかりすぎる。すぐ戻る故、案ずるでない」

父と母の間で道満丸が顔を強張らせている。その意味はよくわからなくとも、尋常でない雰囲気はわかる。

「では、わしが道満丸を春日山へ連れてまいろう。一旦喜平次殿が名代、道満丸が跡目という元の形を示しておくのがよかろう。それで時間を稼ぐことができる」

上杉憲政が言った。憲政は前の関東管領であり、謙信に上杉の名跡を譲った本人である。己の立場であれば、無事道満丸を景勝へ引き渡すことができると自負していた。

「わしであればその役目、十分に務まろう」

景虎は深く頷き、

「御隠居様、お願いいたす。それでよいな、華」

と妻に同意を促した。

「わかりました。では私はここであなた様のお帰りをお待ちいたします。母上、共に林泉寺に身を寄せましょう。そして、時期を見計らって道満丸を呼び寄せます」

話がまとまると、景虎はすぐに供を従え、御館を発った。

「急ぎ申し上げます」

春日山に物見が駆け込んできた。

「先ほど、三郎殿、御館を発し鮫ヶ尾方面へ向かっております」

「何と」

重臣たちが声を上げた。

「仙桃院様や奥方様もご一緒か」

「いえ、三郎殿のみでございます」

「すぐに追え。北条へ逃げ込む前に討ち果たすのだ」

景勝が言った。そこへ、御館から使者が来たという。

「何用じゃ」

景勝はむっつりと使者を見た。

「道満丸様をお引渡しいたしたい。御館の御隠居様が付き添われ、こちらへお連れいたします」

重臣たちがどよめく。

「用件はわかった。下がれ」

使者を帰すと宿老吉江(よしえ)資堅(すけかた)が憤然と口を開いた。

「今更何を言っておる。虫のよい話よ」

「自分は落ち延びておきながら、どういうつもりじゃ」

「いかにも。和睦の人質というならまだわかるが、この期に及んで三郎殿に和睦する気がないのは明白」

山吉景長(やまよしかげなが)が景勝に向き直った。

「道満丸様は長尾家の血筋とはいえ、北条の血も引いておられます。それがこの後の禍にならぬとも限りませぬ。殿、ここは断固としたご決断を」

「道満丸は我が甥ぞ。それに、この戦の意味もわからずにおろう」

景勝は言って席を立った。重苦しい空気の中、兼続は景勝の後を追った。

「殿」

「わしはもともと、三郎殿と争うつもりは露ほどもなかった。道満丸の名代として、亡き御屋形様の決められた通り一時の間政を預かるだけと思うておった」

景勝は背を向けたまま、一言一言、言葉を選ぶように言った。

「しかし、三郎殿が御館へ入った時、この内乱の意味が変わってしまった。神余と本庄の制圧に留まらず、わしと三郎殿、どちらが名代を務めるかという争いになったのだ。だが」

景勝の言葉はそこで途切れた。しかし兼続には景勝の思いを汲み取ることができた。景虎が道満丸の父である以上、名代としての景虎は跡継ぎに等しかった。この戦はいつの間にか、跡目争いに変化していたのである。そしてようやくその決着がつこうとしている今、たとえそれが亡き御屋形様の遺言であっても、道満丸の助命をすることはできない。跡継ぎは景勝である。そして、その跡を継ぐのは景勝の子でなければならない。

「兼続。身内を斬らねばならぬとは、辛いのう。あのように年端もいかぬ者なれば、なおさらのこと」

景勝にとって、胸の内を明かせるのは兼続だけであった。そして、何も言わずともその心を知ってくれるのも、兼続だけであった。

景勝は、道満丸の殺害を命じた。

道満丸は上杉憲政に付き添われ、四ッ谷砦まで来たところで刺客に襲われた。憲政もその場で討ち取られた。二人の悲報を聞いた華姫は我が子の後を追って御館で自刃、仙桃院は林泉寺に身を寄せた。

小田原へ向かった景虎であったが、途中鮫ヶ尾城で景勝の軍勢に取り囲まれた。

「これまでか」

景虎は天を仰いだ。道満丸と華姫の死を知った景虎には、もはや戦う気力は残っていない。実家北条家の政策転換の度に他家へ人質として差し出され、その人生を翻弄されながらも、己の運命から逃げることなく誇り高く生きた。上杉の当主となり三国同盟を結ぶという夢がついえた今、景虎はすべてを吹っ切って潔く死を選ぶ。越後の山々に白い辛夷（こぶし）の花が咲き乱れる中、上杉三郎景虎は二十六歳の生涯を閉じた。

## 山盟

夏になり、おせんはほぼ一年ぶりに春日山へ戻った。武田勝頼の妹、菊姫の輿入れの準備のためであった。先年結んだ越甲同盟の条件として、景勝との婚姻が取り決められていたのである。信綱と距離を置くことで関係修復を願っていたおせんだが、与板へ留まっている間、互いの戦況を知らせる文のやり取りはするものの、なかなか胸の内を開くことはできなかった。しかし春日山へ戻り、おせんが奥向きのことに精を出すにつれ、少しずつぎこちなさが薄れてきたように思えることもあった。

「おせん殿、戻られていたのですか」

城内で久しぶりにおせんの姿を認めた兼続は思わず声をかけた。

「先日戻ってまいりました」

「よくご無事で。与板へ向かわれたと聞いた時にはとても心配しました」

「なかなか死なぬようにできているようです」

おせんは笑顔で言う。懐かしいおせんの笑顔に引き込まれ、気が付くと見つめ合っていた。はっと我に返り互いに目を背ける。兼続はそのまま景勝のもとへ向かった。

「何かよいことがあったのか。嬉しそうだな」

景勝は存外鋭い。

「いえ、特に何もございません。普段からこんな顔です」

おせんとほんの少し言葉を交わしただけで心が晴れやかになる。この気持ちはどうしようもなかった。

十月、景勝のもとへ武田勝頼の妹菊姫が輿入れした。おせんは、菊姫のところへもよく顔を出し、越後に早くなじんでもらおうと世話を焼いていた。

「奥方様は越後の冬を殊の外寒いと感じていらっしゃるようです。無理もございませんが」

夕餉の席で、信綱に酌をしながらおせんは言った。

「甲斐の雪と越後の雪は違うのだそうです」

信綱は酒を飲みながら頷いていたが、突然言った。

「そうやって、そなたは奥向きのことをやっていればよいのじゃ」

「え、……」

戸惑うおせんに気が付いて信綱は繕うように言った。

「何、独り言じゃ。気にするな」

ぎすぎすした空気を残したまま信綱は食事を終えた。

信綱には鬱屈した思いがあった。謙信の声がかりで直江家への婿入りが決まった時は、素直に喜んだ。武田信玄に追われ、父と共に上野から越後へ逃れてきた自分が上杉家筆頭家老の家の当主となるのだ。謙信のもと、辣腕をふるう自分の姿が目に見えるようであった。

しかし家督を継いですぐ謙信は没し、自分の能力を認めてもらうことができなかった。謙信が今しばらく健在であれば、その引き立てによって上杉家中での発言力も増したかもしれないが、今や年長の宿老たちの陰に隠れ、目立った活躍もできずにいる。おせんは何を言うわけでもないが、亡き義父の権勢を考えると貧弱に見えていることは確かだろう。

加えて今回の内乱では、与板の防衛に出陣したのは一度きり、その後は春日山に常駐し、与板の守りのほとんどはおせんと与板衆に丸投げのようになってしまったことも負い目に感じている。そんな自分の間の悪さと不甲斐なさを、つい誰かのせいにしたくなる。そういう自分に嫌気がさしてもいた。しかし、それをおせんに知られるわけにはいかない。頼りにならない婿だと思われたくない。その気持ちが、おせんに対する素気無い態度となってしまうのだった。

景虎が自害した後も神余親綱や本庄秀綱をはじめとする御館勢はまだしばらく戦う姿勢を崩さなかったが、天正八年中にはほぼ制圧された。景勝は自らの新体制を確立するため、頼りとする上田衆を中心に若手を重職につけ、人事の刷新を図っていった。御館方から接収した所領は戦功のあったものに分け与えられていたが、その配分は景勝の直臣に偏る傾向があった。直轄地を増やすことは中央集権化を目指す景勝政権に必要なことであったが、国衆の中にはこのような戦後処理を不満に思う者が少なからずいた。揚北(あがきた)の新発田重家もその一人であった。さしたる恩賞もなく本領安堵のみなされたことを不服として、織田信長に通じ、周辺の揚北衆と呼応して挙兵したのである。

「新発田重家が挙兵したとのことでございます」

このころ兼続は景勝の取次を担うようになっている。各方面から兼続宛てに、景勝に伝えてほしいという書状が届いていた。それらの情報を整理し、状況から判断して優先順位をつけ景勝に報告、評定での決定事項や指示を返書にして送り返す。兼続は多忙を極めた。

「竹俣(たけのまた)殿より、新潟津を新発田に占拠されたと訴えがありました」

兼続と同じく家老に昇格している上田衆、泉沢久秀が言う。

「しかし今は越中方面の対応が優先じゃ。揚北へ兵を向ける余裕はないぞ」

「ここは新潟周辺の防備を固め、新発田がこれ以上の暴挙に出ないよう監視をするのが精一杯、というのが正直なところです」

「致し方あるまい。そのように対処せよ」

「越中の黒金(くろがね)殿からも、殿の出陣を願う書状が届いております。木舟(きふね)城を支えきれぬと」

謙信時代に広げた版図が、じわじわと侵食されている。

「魚津にも相応の者を差し向けましょう。越中方面には調略を仕掛けてみます」

上杉の内乱に乗じ、織田信長は越中攻略を進めていた。信長の侵攻に対して上杉の弱体化は深刻であった。天正九年四月、松倉城にて河田長親(かわだながちか)が病没した後は黒金景信(かげのぶ)を中心に越中支配を行っていたが、能登は既に信長の手に落ちている。

状況がひっ迫するにつれ、取次の仕事は重みを増した。全ての情報を一手に預かり、その処理に携わる兼続は必然的に上杉家の中心人物となっていった。

このところ信綱は城内のそこここで、台頭する上田衆に対する陰口を耳にしている。特に年若く内乱での武功もあまりない兼続に対しては、遠慮もなしであった。兼続が内乱の間常に景勝のそばに控え、相談相手となり精神的支えになっていたことを評価する者はほとんどいない。あからさまに、家老である兼続の指示に従わない素振りを見せる者もいた。

「上様のお気に入りであるのをいいことに、大きな顔をしおって」

「先の内乱でも、何もしておらぬではないか。体を張った我らのほうが馬鹿を見るとはな」

謙信時代に政権の中枢にいた重臣たちは国境の要所に配置されるようになった。信綱はそれでも長尾上杉家四代にわたる筆頭家老として春日山に留まり馬廻役として面目を保っているが、実質的な仕事は直江家の所領の統括に過ぎない。それですらおせんの後ろ盾がなければ家中の信頼を得ることができないままである。

「またか」

評定から戻った信綱は、届けられた文を読んで舌打ちをした。手にしているのは屋敷安堵状である。与板衆本村監物（ほんむらけんもつ）に対し一旦発給されたものの、監物がおせんの署名も欲しいと申し入れてきた。直江へ入ってから四年になる。しかし、おせんとの連署でなければ安堵状一枚発給できないのである。戦場での指示や感状などは別として、知行や屋敷の安堵に関するものはおせんのお墨付きがなければ納得しない者が多かった。

信綱に呼ばれ、おせんは書状に署名をし、印判を押した。文書を発給するたびに、夫婦の溝が深まっていく。八方へ気配りのできるおせんだったが、これについてはどう対処してよいのかわからなかった。

「これでよいでしょうか」

伏し目がちに問うおせんに、

「いつまでたっても信頼されないものよの」

信綱は自嘲気味に言い、広縁へ出た。背中におせんの視線を感じつつ、信綱はまだ墨で濡れているおせんの署名を見直すと、今は我慢の時、と自分に言い聞かせた。

そんな日々を送る中、事件は起きた。河田長親の家臣毛利秀広は、御館の内乱では景勝与党として長親との間を取り持つなどの功績があったが、長親病死の後、領地削減の憂き目を見た。そのことで不満を募らせた秀広は、取次役であった家老山崎専柳斎（せんりゅうさい）を春日山城内で惨殺したのである。

「それがし、これまで一心に上様のため働いてまいった。それが、主の病死で所領を減らされるとは合点が行かぬ。すべて専柳斎、そなたが上様に取次がぬがゆえであろう！」

その時専柳斎は直江信綱と会談中であった。

「何を申される、毛利殿、落ち着かれよ！」

しかし逆上した秀広は抜刀、一太刀で専柳斎を斬殺した。それればかりでなく、止めに入った信綱までを斬ったのである。

変わり果てた姿の信綱が直江屋敷に担ぎ込まれると、おせんは呆然と立ちすくんだ。

「あなた様！　与兵衛様！」

我に返るとおせんは狂ったように叫んだ。

「なぜ、このようなことに」

信綱はすでに虫の息である。おせんは信綱の手を強く握りしめた。

それから間もなく、信綱は息を引き取った。

新生上杉の重臣二人を一度に失った景勝は、善後策を考えねばならなかった。特に直江家に関しては信綱とおせんの間に子がなく、断絶の危機にあった。

「景勝殿。これをどう対処する」

仙桃院が景勝を訪れた。

「直江家は当家四代に仕える名門じゃ」

「母上」

庭に下りて考え事をしていた景勝は、仙桃院を振り返って言った。

「絶やすつもりはありませぬ」

仙桃院は縁先に座った。

「亡き御屋形様の跡を継ぐ、今が正念場よの。毛利殿の件は別にしても、上田衆の取り立てに不満を漏らすものも多いと聞く。どのように家中を治めていくか、しかと考えねばなりませぬぞ」

「方針を変えるつもりはありませぬ。亡き御屋形様のように国衆に裁量を認めながら一国を束ねていくことは、今の世の動きに合わぬと思うのです」

景勝は他に類を見ない上田衆の結束の強さを上田長尾氏の直接統治の産物であると考えている。内乱は終息をみたとはいえ、四方を敵に囲まれている現状ではこの中央集権体制を越後全体に広げていくことが必須だと景勝は思っていた。

「山崎と直江の件は不幸なことでしたが、ひとつ、妙案があります」

翌日、兼続は景勝に呼ばれた。秋の陽に萩はこぼれんばかりに咲いている。奥座敷で景勝は兼続を待っていた。兼続が入ってきてもしばらく庭の景色を眺めていたが、おもむろに口を開いた。

「えっ」

兼続は、畳から視線を上げて、景勝の目を覗き込んだ。

「今、なんと仰せられました」

「直江に婿入りせよと言ったのじゃ。直江家を継げ」

「お待ちください。毛利殿の領地訴訟の件には、私も関わっていたのでございます。此度の騒ぎの遠因は、私にもあるのです」

景勝は落ち着き払っている。

「その件と直江家相続とは別の話じゃ」

景勝は直江家の存続と上田衆への不満の封じ込めを、兼続を直江家へ入れることで一挙に解決しようとしたのである。

「そなたに足りないものは家格じゃ。そなたが宿老である直江を名乗れば、家中の者も治まるであろう」

「身を引くならまだしも、直江の名跡を継ぐなどとは……。そのようなことで家中が落ち着くでしょうか」

「落ち着かせるのじゃ。わかっておろう。わしが上杉の主としてやっていくには、そなたがおらねばならぬ」

兼続は黙り込んだ。景勝の言わんとすることはわかる。内乱により、上杉家はその国力を半減させてしまった。それに加えて家老二人の空席は家の存亡に関わる。再びの内部分裂を避けるためにも、他国からの侵略を防ぐためにも、一刻も早く新体制を強固なものにしなければならない。兼続が名門直江家に入り筆頭家老の力を持てば、旧勢力の不満を抑え込むことができるだろう。しかしそれは強引なやり方であった。それに……。

「おせん殿は承知されているのですか。まだ与兵衛殿の葬儀がすんだばかり、あまりにも早すぎます」

おせんの心中を思い、兼続は問うた。

「早すぎるのはわかっている。だが、待てぬ。不憫ではあるがな」


春日山で信綱の葬儀を終えたおせんは与板へ戻り、景勝からの今後の沙汰を待っていた。

「この後、我が家はどうなるのであろう。上様は悪いようにはせぬと仰せだったというが、それでもこの城から出ていかねばならぬやもしれぬ」

仏間で信綱の供養をするおせんのもとへ母妙連尼がやって来て、不安そうにつぶやく。そこへ、

「徳昌寺の和尚様がおいでになりました」

キヨが呼びに来た。

「少しは落ち着かれましたかな」

客間へおせんと妙連尼が入ってくると和尚は言った。

「今日参ったのは、ご当家の状況を案じてのことじゃ。上杉家古参の筆頭家老の家じゃ、無下な仕置きをされぬとは思うが、沙汰が下される前にひとつ、お耳に入れておかねばならぬことがありましてな」

和尚は、穏やかな目を向けつつ言った。

「実は、与兵衛殿には子があったのじゃ」

おせんは息を呑んだ。

「侍女に手を付けられたようだが、その侍女はすぐに里へ戻され、そこで産んだというから、子がいることは与兵衛殿も知らなかったのではなかろうか。母親は間もなく身罷り、子は寺に預けられてある。その子を直江の嫡子とするのかどうか、ここはしっかりと考えなされよ」

「その子は、いくつになります」

呆然とするおせんの脇から、妙連尼が聞いた。

「三つ」

おせんは大きく息を吐いた。三年前。それはおせんが与板へ出向いていた時期であった。おせん自らそう決めて春日山を留守にしたのは事実である。信綱だけを責めることはできないのであろう。とはいっても。だからといって。おせんは自分の足元が崩れるような感覚におそわれた。前妻との間に子が一人。手を付けた侍女との間に一人。だが、おせんが信綱の子を宿すことはなかった。自分は信綱にとって何だったのか。

すれ違った関係のまま信綱を亡くした今、後悔ばかりが胸の内にある。妻とはいえ、その心が信綱に寄り添ったことはなかった。信綱に抱かれながら、兼続を思った夜もあった。それは信綱を欺いたことになるのだろうか。そう考えれば信綱が侍女に手を付けていたことを非難することもできない。すべてはおせんと信綱、二人が過ごしてきた日々の結果であった。しかし侍女の産んだ子を嫡子とする気には到底なれなかった。そうするくらいならば、直江家を断絶とするほうがよほどよい。

無気力のうちに時を過ごすおせんのところへ、仙桃院からの文が届いた。直江家存続のためもう一度婿をとるように、その相手として兼続を、という内容である。胸が締め付けられる思いがした。自分がもう一度婿養子をとれば、直江家は存続する。筆頭家老の家としての役割も果たしていけるだろう。しかし、よりによって兼続とは。

お父様、私はどうすればよいのですか。混乱するおせんは仏間に籠った。

胸の奥深くに秘めていたとはいえ、ずっと兼続を慕っていたことが、今、この縁談の枷となっておせんを苦しめる。信綱にも原因があったとはいえ、信綱に対して愛情を注ぐことができなかったのは自分の非である。妻として夫を立て、愛し、子を産む。何ひとつ満足にできなかった自分が、今更兼続と結ばれるなど許されるはずもない。自分の死をよいことに慕っていた相手と一緒になるのかと、もし今信綱に問われたら、そうではないとどうやって説明できるだろう。おせんは兼続との結婚をためらった。結婚に対して臆病になっている自分もいた。兼続を婿に迎えてもまた同じようにうまくいかないのではないか。結婚することで兼続と心を通わせられなくなるのであれば、今のままのほうがずっとよかった。だが。

「……よいか、御屋形様を助け、上杉家を支える、それが我が直江家の務めぞ」

生前の父景綱の言葉が脳裏に蘇った。大きく息を吸っておせんは覚悟を固める。

お父様、私は直江家の務めを果たすため、お家の命に従います。そのためであれば与兵衛様もきっと許してくれましょう。だから夫婦となっても与六殿と心を通わせることはいたしませぬ。与六殿に対する気持ちはこれまで同様、胸の奥にうずめておきます。とめどなくあふれる涙をぬぐうこともせず、おせんは手を合わせ続けた。

兼続は見晴らし台に出た。眼下に頸城(くびき)平野、府内湊、日本海をはるかに見渡すことができる。内乱で一時は焼け落ちた城下であるが、再建が進み、以前おせんと並んで眺めたのと変わらぬ風景が広がっている。おせんが結婚を承諾したことは、先ほど景勝から聞いた。景勝の再度の命に、兼続は従った。

直江家を継ぐという思いもよらぬ展開に、おせんへの秘めた思いよりも戸惑いのほうが大きかった。確かに、直江家という長尾上杉家四代に仕える宿老の家を継げば、兼続に従わない者はいなくなるであろう。しかし、それが信綱の死を利用するような形になってしまうことに兼続は抵抗を感じた。成り行きでそうなったと自分ではわかっていても、そう受け取らない者も多いであろう。おせんはどのような思いでこれを承諾したのだろうか。おせんと形だけの夫婦にはなりたくなかった。

周辺の事態が緊迫していること、信綱の喪中であることから、婚礼はささやかに行われた。かつて自分が願った位置に座り、再び婚礼衣装に身を包んだおせんを間近に見ながらも、兼続はおせんにどう接すればよいか迷っていた。結婚が決まってから今日まで、おせんと話をする間もなかった。おせんの胸中を確かめる術もなかった。婚儀の間中、おせんと目を合わせることもほとんどなかった。おせんの表情からは何の感情も読み取れなかった。

その夜、兼続が湯を使ってから寝室へ入ると、おせんは広縁へ出ていた。月の光がほっそりとした体形を際立たせている。以前より少し痩せたのではないだろうか、と兼続は思った。兼続は襖を閉めると、おせんの隣に立った。二人の間を初冬の夜風がすり抜けた。

「此度の結婚のこと」

兼続はうつむき加減に言った。

「おせん殿ときちんと話をする間もなく婚礼となってしまったこと、申し訳なかったと思っています。突然夫を亡くされたおせん殿の、気持ちの整理もつかぬうちに土足で踏み込むようなことをしてしまいました」

おせんは黙っている。

「それに、私が力を得るために与兵衛殿の死を利用したとも見えましょう」

「あなた様は自分の欲のために動く人ではないでしょう」

おせんは言った。

「他人がどう思おうと、お家のため正しいと信じたことを実現していく。あなた様はそういうお方でしょう」

「それはそうですが。……私とおせん殿は他人ですか」

おせんはそれには答えないようにして続けた。

「直江家がこれまで通り筆頭家老の役割を果たしていくためには、あなた様に継いでいただくのがよいのです。お家を支えよというのが父の遺言でした。与兵衛様は私に何も言い残すことなく逝ってしまわれましたが、きっと同じ思いだったでしょう。喜平次様には、あなた様が必要です。直江へ入ることであなた様が存分に力をふるうことができるようになるなら、それが一番よいのです」

「しかし、気持ちはそんなに簡単に割り切れるものではないでしょう。おせん殿の心が落ち着くまで私は待つつもりです。形としては今日、夫となりましたが、急ぐつもりはありません。おせん殿の気持ちを大事にしたいと思っています」

おせんは首を横に振った。兼続の優しさに胸が苦しくなる。いつまで待っても私はあなたと心を通わせることはないのに。

父の死が迫った時、そして今再び断絶の危機に陥った時、二度の結婚が二度とも主家の命により急な手続きで進められたのは、それだけ直江が上杉家にとって重きをなす家だからである。その名跡だけを目当てにおせんの婿となりたいと思う者はいくらでもいた。いっそ、兼続もそういう者の一人であればよいのにとおせんは思った。

「私の気持ちなどに構わないでください。私はあなた様が直江を継ぎ、力を持つための道具であればそれでよいのです。道具に気持ちはいりませぬ。だからあなた様は何も気にせず、この家の主としてお過ごしください」

感情のないおせんの口調に驚いて兼続は顔を上げた。

「なぜです。なぜ道具などと言うのです」

透き通った青い月の光が草木の影を濃くしている。おせんは答えない。兼続は戸惑った。

「私はおせん殿を幸せにしたいと思ってこの結婚を受けました。もちろん主命であったし、直江家を継ぐことが殿を支えるための大きな力になることも理由ではありましたが、それ以上に私はあなたをそばで守り幸せにしたいと思ったのです。あなたは道具ではない。他人でもない。私の妻だ」

「わかったようなことを言わないでください」

おせんは兼続を拒むように言った。このまま話を続けたら、これまでの覚悟が台無しになる。封じ込めたものの蓋が開いてしまわぬよう、おせんは心を閉ざそうとした。それなのに。

兼続は閉じられようとするおせんの心に手をかけ、その奥へ入り込もうとする。

「与兵衛殿のことが胸の中にあっても構わないのです。おせん殿が四年半添い遂げられた大切な方です。私はそのこともひっくるめて、おせん殿を愛したいのです」

おせんの感情が波打った。

「やめてください。私にはあなた様に愛される資格などないのです。満足に妻の役目も果たせない女です。情をかける価値もありません」

感情を押さえつけようと思うのに、制御がきかない。

「愛したり守ったりしたいのであれば、誰か他の女人をお迎えなされませ！」

思いもよらぬおせんの言葉に、堪らず兼続はおせんの肩を両手で掴み、自分のほうへ向かせる。

自分が恋をしたあのころのおせんはどこへ行ってしまったのか。兼続はおせんの瞳の奥にその姿を探す。見晴らし台から城下を眺めていたあのころ、二人の心はずっと近く寄り添っていたはず。例えこの四年半の間、身も心も信綱のものであったとしても、あのころのことをおせんが忘れたとは思いたくなかった。

「おせん殿のことを、ずっと好いていました。叶わぬこととは知りながら、私はずっとおせん殿のことを思っていたのです。この腕に抱きしめたいと。見晴らし台から共に城下を眺めていたあのころからずっと」

兼続のまっすぐな言葉がおせんの心を貫いた。一番聞きたかった言葉であった。一番聞いてはならない言葉であったのに。兼続によって解かれた心の封印はもう閉じようがなく、中身がどんどんあふれ出す。

「そのおせん殿と今こうして夫婦となれた。それなのにあなたは私を拒もうとする。なぜです」

兼続の目がおせんを捉えて離さない。

「この四年半の間に何があったのです。与兵衛殿との間に何があったのです。愛される資格とは何です」

おせんは答えない。唇が震える。

「私が立ち入る話ではないのかもしれません。でもそこに私を受け入れてもらえない理由があるのならば、私にも聞く権利はあるでしょう」

「もうやめてください。お願いだから」

おせんは最後の力を振り絞って兼続を拒む。おせんの肩を掴む兼続の手に思わず力が入った。

「やめません。私はおせん殿と形だけの夫婦にはなりたくないのです。私はあなたを愛したい。それをあなたはだめだという。理由も聞かせてくれないのですか」

だが、おせんは目に涙をいっぱいに浮かべ、首を横に振るだけであった。

兼続は手を離した。視線を落とすと、足早に部屋を出た。

兼続が襖を閉めて出ていくと、おせんはその場に崩れ落ちた。兼続がまっすぐに向けてくれた気持ちを受け止めることができなかった。これでよいのだと自分に言い聞かせながらおせんは泣いた。あふれ出た兼続への思いをひとつひとつ拾い集めて、また胸の底へしまっていく。慕わしい人がすぐそこにいるというのに、このまま一生気持ちを打ち明けることなく生きていくのだ。そして、兼続が他の女に情を移すようになるのをずっと見ていなければならないのだ。因果応報。信綱としっかり愛情を育めていたなら、今何の迷いもなく兼続の腕の中に飛び込めたはずだった。一生分泣いてしまおうとおせんは思った。そして自分を空っぽにするのだ。この先泣かずにすむように。

自室に戻った兼続は冷たい畳の上に仰向けに寝転んだ。天井を見上げて考える。結婚初夜がこんなことになるとは思ってもみなかった。おせんの言葉を考え直す。他人、道具、愛される資格。おせんの言葉はわからないことばかりだった。だが、と兼続は思った。この婚儀の政治的な部分については誤解はないようだった。そのことだけでも今日はよいとせねばならぬ。待つと言ったのは自分なのだ。それなのについ熱くなっておせんに強く迫るようなことをしてしまった。悪かったのは自分の方なのであろう。しかし、満たされぬ心を抱え兼続は何度も寝返りを打ちながら一夜を明かした。

おせんは筆頭家老の妻として兼続の身の回りの世話を完璧にこなした。兼続は何の不自由もなく直江家の当主として過ごし、政に心血を注ぐことができた。ただひとつ、おせんに心の安らぎを求めることだけは叶わなかった。受け入れられないおせんへの思いを持て余し、先が見えぬまま待つことの辛さが身に染みた。


それから幾日かたった夜のことである。その日越後ではこの年初めての雪が降った。

雪明かりに照らされ、広縁の障子に人影が映った。ひざまずき、頭を垂れたその影が言った。

「カケスでございます」

「入れ」

兼続が言うと、音もなく障子が開き、カケスがすべりこんだ。

「どうした」

下座に座ったカケスは丁寧に頭を下げると言った。

「お方様のことでございます」

「どうかしたか」

「夜ごと、泣いておられるのです」

「おせんがか」

カケスは頷いた。

「それがし、忍びとして一人立ちしたその日からお方様付きとして励んでまいりました。それがしにとってお方様は絶対にお守りすべき主でございます。それがしが上杉のために働くは、ひとえにお方様をお守りしたいがため。

お願いでございます。お方様の胸の内をもう一度確かめていただけませぬか。お方様を幸せにできるのは旦那様だけでございます」

……おせんが泣いている。

カケスの言葉が耳に残る。

「だが、わからぬことばかりでな。どこからどう話をすればよいかもわからぬのだ。与兵衛殿との間に何があったのか、そなた知っているのか」

「それについてはそれがしがお話しする筋ではございません。ですが、先の旦那様が亡くなってからこちら、お方様には相談する相手もおらず、ただ一人思い悩まれてひとつの答えに辿りつかれました。それが今の状況でございます。その答えはいかにもお方様らしいものではありますが、見方を変えればまた違った答えがあるはず。それを示すことができるのは旦那様でありましょう」

兼続は頷いた。

「よく知らせてくれた。少し顔でも見てこよう」

カケスの言葉に背を押され、兼続はおせんの部屋へ向かった。

「おせん殿、少しばかり話がしたいのですが」

襖越しに兼続は声をかけた。内側から襖が開かれた。

「どうぞ、お入りください」

おせんは上座の座布団を兼続に勧めた。しかし兼続はおせんの傍らに座った。

「今年も雪の季節が来ましたね。こんな夜はどのように過ごされているのかと」

「特に何をするわけでもありません。縫物などするくらいです」

何かを縫いかけていたらしく、小机の周りには裁縫道具や布が並べられている。

「旦那様は、ご本でもお読みですか」

「ええ」

まっすぐに自分を見つめる兼続と目を合わせれば心の中を見透かされそうで、おせんはうつむいた。

「昔のように私の目を見てはくれないのですね。寂しいことです。あのころはいつも私に微笑みかけてくれていたのに」

兼続の言葉におせんは顔を上げ、一瞬何かを言いたそうにしたが、静かにまた目をそらせた。

「話したくないのであれば、話さなくてもよい。私はただこうしておせん殿と寄り添って、あなたの心が溶けるのを待ちましょう。だが、あなたの悲しみを私にも分けてもらうことはできませんか」

兼続の心のぬくもりがおせんに伝わっていく。この人を愛したかった。何の憂いもわだかまりもなく、心のおもむくままにこの人を愛したかった。

「与兵衛殿は幸せ者ですね。亡くなってもなお、これほどまでにおせん殿の心の中におられるとは」

おせんはうつむいたまま、ただ黙っている。そんなおせんのそばで兼続は会話の糸口さえ見つけられずにいた。互いに黙って風の音だけを聞きながら、兼続は居心地の悪さばかりを感じていた。男と女というのは本当に難しい。今夜はこれまでか。それでもしばらくそこに留まっていた兼続であったが、やがて腰を浮かせた。

「すっかり邪魔をしてしまったようですね。私も部屋へ戻って書物でも読んでいたほうがよさそうだ」

立ち上がり、部屋を出ていこうとする兼続の後ろ姿におせんの心が揺れた。このまま出ていったら、もう二度と戻ってきてはくれないような気がした。

「待って」

兼続が振り返る。

「あの、……」

おせんはまごついた。何かを言おうと思ったわけではない。ただ今少し、兼続にそばにいてほしかった。もうあと幾日かすれば、兼続の心もきっと自分から離れていく。そう仕向けているのは自分だ。

だがそうなる前に今少しだけ、その心をそばに感じていたかった。兼続を引き止める理由を探すおせんの目に、縫いかけの袱紗が留まった。

「あの、新しい綿入れをお作りしましょう。寸法を測らせてくださいませ」

おせんは物差しを手に取り、兼続の背にあてた。兼続は怪訝な表情を見せたが、黙っておせんに従った。おせんはゆっくりとした手つきで寸法を測っては紙に書き付けていく。じっと立っておせんのなすがままになっていた兼続であったが、裄を測るおせんの手が自分の腕に触れた時、心の中で何かがはじけた。いきなりその手を掴むと、おせんの体を掻き抱く。

「えっ」

おせんの思考が止まった。兼続を受け入れぬよう普段は周到に心を構えているのが、今は間に合わなかった。日ごろ理性的な兼続の、予想だにせぬ衝動的な振る舞いに圧倒される。その強い腕の中で、おせんは抗うことを忘れた。

「あっ……」

気づいた時には、兼続の唇が重なっていた。それは燃えるような口づけであった。生きた男の生々しさに、おせんは気が遠くなる。ほとばしる兼続の情熱に、おせんは体ごとさらわれ、押し流された。

わずかに残った意識の中で、おせんは己の弱さを思い知った。もう限界だった。与兵衛様、もう私を解放してくださいませ。お願い。

「許して……」

おせんの口から言葉が漏れる。それは信綱に請うた許しであった。

だが、兼続はゆっくりとおせんの体を離した。失望の色は隠せなかった。

「すみません。勝手なことをしてしまいました」

おせんから顔をそむけるようにして兼続は言った。

おせんはその場にくずおれた。

「おせん殿？」

放心したような、今にも泣きだしそうなおせんの姿を兼続は不安げに見つめる。

「違うのです」

我に返ったおせんはかぶりを振った。

「違うのです、今のは……」

「違う？」

こんなに狼狽しているおせんを見るのは初めてであった。兼続はゆっくりとおせんのそばに座り、静かに言った。

「話してはくれませんか。おせん殿の心の中にあるものを。与兵衛殿との間に何があったかを」

しばらくの間、おせんはじっと頭を垂れていた。だが、やがて言葉を選ぶように話し始めた。

「父の病が重くなり、私が婿を取らねばならなくなったとき、私は父に頼んだのです。あなた様と夫婦になりたいと。与六殿ではいけませんかと頼んだのです。父は言いました。あなたは見込みのある若者だと。でもあの時、あなたはまだ若すぎた。それで私は与兵衛様を迎えることになったのです。とても辛くて悲しかった。泣きました。でも与兵衛様を婿とすると決めた時、私はあなた様への思いを心の奥深くへしまい込みました。そして最後にいっぱい泣いて、あなた様のことはそれで終わりにすると心に決めたのです。与兵衛様を夫としてよい妻となり、よい家庭を築こうと思いました。

ですが、そううまくはいかなかった。

与板の者たちはなかなか与兵衛様を主として認めようとはしませんでした。それまで私がずっと春日山との取次をしてきたのがいけなかったのでしょう。宛行状や安堵状を出すときには与兵衛様と私の連署でなければ納得しない者が多くいたのです。そんな状況をあの方が快く思うはずもありません。私とあの方の間にできた溝は、文書を発給するたび深まっていきました。そのような折、先の内乱が始まったのです」

兼続は静かに聞いている。

「与兵衛様は春日山で喜平次様の手足とならねばなりませんでした。では与板の城は誰が守るのでございます。与板の者だけに任せておくことはできませぬ。主従ひとつとなって事に立ち向かうのが直江家なのです。それで私が与板へ出向くこととなりました。私がそうしたいと言ったのです。あの方は怒りました。女だてらに出過ぎた真似をするなと。私も怒られるのを覚悟の上でした。少しあの方と距離を置きたい気持ちもありました。少し離れてみれば、お互いまた違った風に振舞えるようになるかもしれないと思ったのです。

一年ほどして春日山へ戻ってみると、少しずつですが、わだかまりが溶けていくように思えたこともありました。私が菊姫様のお世話など奥向きのことに精を出したこともあったのでしょう。そうやって少しずつでも二人で前へ進んでいけるかもしれないと思った矢先だったのです、与兵衛様が亡くなったのは」

おせんはそこで言葉を切った。兼続は黙って次の言葉を待った。おせんはしばらく遠くを見るようにしてから続けた。

「葬儀がすんで与板へ戻っておりましたら、徳昌寺の和尚様が訪ねてきました。直江家の行く末を案じて知らせに来てくれたのです。与兵衛様の三つになる男子を寺で預かっていると」

おせんの声がかすかに震えたのがわかった。兼続は思わずおせんを見た。

「三年前といえば、私が与板へ出向いていた時期です」

おせんはうつむいた。そのまま長い沈黙が続いた。兼続はおせんに無理に話をさせてしまったことを後悔した。自分の浅薄さに腹が立った。

「おせん殿……」

兼続が何か言わねばと思ったとき、おせんが再び口を開いた。

「あの方に子がいたと聞かされた時、これは罰だと思いました。あのような形であの方が突然亡くなったのも、そしてその後で子があったのを知らされたことも、すべて私に与えられた罰だと。今さら子がいたと聞かされても、あの方を恨むことも責めることもできないのです。

あの方の妻となると決めた時心の底に閉じ込めたあなた様への思いは、あの方が生きている間中、そして今日まで決して表へ出すことはしませんでした。それは確かです。けれど、どんなに押し込めても、どんなに小さくしまい込んでも、そこにその気持ちがあるのを忘れることはできなかった。人の妻でありながら、私は心の奥底であなた様をお慕いしていたのです。あの方とうまくいかず辛かった時、あなた様のことを思い出してしまったこともありました」

おせんの口調は次第に乱れ上ずっていく。

「それが私の犯した罪ならば、償わねばなりませぬ。ですからこの婚儀を承諾したとき、私は決めたのです。あなた様への思いはこれまでと同じように、胸の深くに隠しておくと。お家の命により夫婦とはなるけれど、あなた様と心を通わせてはならないと。そうであれば与兵衛様もこの結婚を許してくれると思ったのです。

だから、こんなにもお慕いしているあなた様を目の前にして、それがどんなに苦しいことであっても、私はあなた様を愛してはいけないのです。与兵衛様を愛することができなかったから。あの方の妻として何ひとつ満足にできなかったから。私が悪いのです。何もかも、私が悪いのです。あなた様が私を愛してくださると言っても、私にはそれを受け取ることができません。あなた様を愛さない私に、あなた様から愛される資格などないのです。そうでしょう」

兼続はそっとおせんを抱き寄せた。見つけた。あのころのおせんを。

熱に浮かされたようにしゃべり続けていたおせんは、口をつぐんだ。それから力が抜けたように言った。

「それなのに、今もう、私にはあなた様へのこの思いを止めることができません。どうすればいいの」

自分の存在のせいでおせんが苦しんでいたのに、何も知らずにいた。信綱の死に始まり、信綱に子がいたことが発覚し、婿を取れとの命が下り、返答を迫られ、慌ただしく婚儀が執り行われた。このひと月ばかり、おせんの心労はいかほどであっただろう。たった一人で思い悩み、自分自身を追い詰めていったに違いない。

途方に暮れて今、頼りなげに兼続に身を任せているおせんは、まぎれもなく兼続の知っているおせんだった。その華奢な体からほのかに漂う花の香りを兼続は懐かしさと共に吸い込む。大丈夫だ。兼続は自分を励ました。今この時から自分がおせんを守る。今自分がすべきことは、罪を償わねばならないという呪縛からおせんを解き放ち、おせんの心に平静を取り戻すこと。傷つき疲れたおせんの心を休ませること。

「償わねばならぬような罪を、おせん殿は何も犯していないではありませんか。思いを止める必要はありません。止めてほしくもありません。これから私との暮らしが始まるのです。心を寄せ合って生きていきたいのです。過去のものは過去のものとして、置いておきましょう。ここを区切りとすればよいのです。例えそれが罪や罰だったとしても、おせん殿はもう十分に悩み、苦しんだ。償いは終わっておりましょう」

兼続の目がおせんの心を癒すように優しい光をたたえる。

「よいのですか。私はあなた様をお慕いしてもよいのですか」

「よいのです」

兼続は頷いた。

「本当に」

「本当です」

兼続の胸にもたれかかり、おせんは目を閉じた。兼続の鼓動、兼続の息遣い。

様々な感情が一度に湧き起こり、思い切り泣きたかった。だがそれは先ほどまでの辛く苦しいものではない。信綱が亡くなってからこの一か月あまり、かき乱され迷い続けてきた心がようやく落ち着き場所を見つけたようだった。兼続がよいというのだから、これでよいのだ。何だかものすごく疲れた。今はもう何もかも、兼続に任せてしまいたかった。今まで感じたことのない安心感がそこにあった。難しいことは考えず、泣くだけ泣いてこのまま眠ってしまいたい。しかしそれと同時に別な不安が頭をもたげた。

「でも、私はもう、殿方のことを知ってしまっているのです。初めての娘ではありませぬ」

「そのようなことはもとより知っております」

急に何を言い出すのかと兼続は笑った。

「そして、そのようなことは気にしてはおりませぬ。おせん殿が我が妻であってくれればそれでよいのです」

おせんはまだ何か言いたげに兼続を見上げている。兼続はおせんを抱きしめ直すと、口づけをした。先ほどのような激しさはなく、優しく包み込むような接吻であった。

「嫌ではありませんか」

兼続は聞いた。おせんは頷く。

「このまま続けても？」

おせんは再び頷いた。

兼続はおせんを畳の上に横たえた。おせんはまっすぐに兼続を見つめる。その深い色をした瞳の中に兼続は吸い込まれるような気がした。

兼続はおせんの襟元を押し広げた。雪のように白く形のよい乳房が兼続の前にあらわになった。兼続はそっとそれに触れる。

おせんは目を閉じた。心が臨界点に達し、自分でも気づかぬうちに涙があふれていた。

「大丈夫ですか」

兼続はためらった。

「大丈夫。でも、涙を止められないの」

気持ちが昂るおせんは顔を両手で覆ったが、やがて言った。

「私をあなた様のものにしてください」

兼続はおせんの帯を解いた。

兼続に抱かれながら、おせんは静かに泣いた。


春日山での仕事の合間を縫って、兼続は与板へ出向いた。

南北朝のころに築城された与板城はおせんの生まれ育った城だが、信綱のころには手狭になり、新しい城の整備が進められていた。信綱の死で工事が止まっていたが、兼続は改めて人数を動員し工事を再開した。

おせんの心配をよそに、与板衆は兼続に対し従順であった。このあたり、家臣たちは敏感である。与板衆にとって、新しい主がおせんを超える才覚の持ち主かどうかということが臣従の判断の基準であった。景勝の第一の側近としてその地位を固めつつある兼続に不満を持つものはいなかったし、兼続の主としての風格や滲み出る人となりには、年若くとも自然に人を従わせるものがあった。しかし、兼続は意外なことを言った。

「おせん殿には与板衆の取次をお願いしたいと思っているのです」

「なぜです。与板の者たちはあなた様に心服しているではありませんか」

「これから益々政務が忙しくなる。ひとつでもおせん殿に受け持ってもらえると助かるのです」

膨大な量の仕事を自分ひとりで抱え込むのではなく、適材適所に人を配置し、うまく裁いていくのは兼続の得意とするところである。おせんの政治能力を兼続は高く買っていた。

「だが、おせん殿には奥向きのことも頼まねばなりませぬ。菊姫様のお世話を」

「大丈夫です。私は、少し忙しいくらいのほうが元気が出るのです」

兼続はふと、見晴らし台で寂しそうに佇んでいた冬の日のおせんの姿を思い出した。羽織も羽織らずに立ち続けていたおせんの姿だった。

「ならば、お願いします」

兼続は頭を下げた。

「おやめください、頭を下げるなど。あなた様は私の旦那様でございますよ」

おせんは笑顔で答えた。

# 霹靂

天正十年（一五八二）二月、甲斐武田家からの救援の要請に、景勝は援軍を送った。織田、徳川、北条と敵対する武田は家臣の離反もあり存亡の危機に陥っていた。上杉としても武田が滅びれば直接織田、徳川と信越の国境を接することとなり苦境に立たされるのは間違いない。何としても武田には耐え忍んでもらわねばならないところであった。しかし三月、武田勝頼は天目山（てんもくざん）にて自刃、ここに戦国大名武田氏は終焉を迎えた。

「来る」

武田という防波堤を失った上杉は織田の大波に飲み込まれようとしている。

今や越中の最前線となっている魚津に、景勝は吉江宗誾（そうぎん）をはじめとする多数の武将を送り込んだ。魚津城は柴田勝家の率いる織田軍に囲まれ、苦しい籠城戦が続いた。元来魚津城は平城であり、それほど堅固な城ではない。柴田勝家はじわじわと魚津城を追い詰めていく。

「魚津を抜かれれば、織田は一気に越後へなだれ込む。我ら、ここを死に場所と決め最後の一兵となっても戦い抜くべし」

すでに兵糧も尽きた魚津からの悲壮な覚悟は十二将の連署状として兼続のもとへ届けられた。春日山では日々戦評定が繰り広げられている。

「魚津へ行かねばならぬ」

「ですが、海津城の森長可、上野の滝川一益ともに越後侵入の機を窺っております。うかつにご直馬なされば一気に攻め込んでまいりましょう」

「それでも魚津へ行かねばならぬ。あの者たちを見殺しにすることはできぬ」

五月十五日、景勝は魚津を見下ろせる天神山まで出馬した。が、数日柴田勝家と睨み合ううちに、海津城の森長可が動いたとの報が入った。

「止むを得ません。急ぎ取って返し森長可の侵入を阻止しなければ、越後そのもの、春日山自体が敵の手に落ちます」

兼続は唇を噛んだ。

「致し方あるまい。魚津城には降伏、開城し一人でも多くの者を松倉へ撤退させるよう伝えよ」

景勝の命に伝令が走り去る。景勝は陣を払い春日山へ戻った。五月二十七日のことであった。

魚津に総攻撃が加えられたのは二日後の二十九日である。救援を得られなかった魚津の兵はそれでも粘り強く上杉の意地をみせた。八十日に及ぶ籠城戦を耐え忍んできた彼らに、降伏の選択肢はなかった。そしてついに六月三日、魚津城は陥落、武将たちは全員が自害して果てたのである。

魚津落城の急報が伝えられたのは翌日のことであった。しかし悲嘆に暮れている暇はない。織田の次の標的は越後本国、春日山であった。あと数日でこの越後が蹂躙される。謙信の死後わずか四年。滅亡の淵に追い込まれた春日山は最後の一戦のため準備を進めた。

「みなの者、覚悟はできておろうな。我らはよき時代に生まれた。このようにして越後一国のため、上杉の義を掲げ立派に死に花を散らすことができるというのは名誉なことじゃ」

一同はしんとして聞いている。しかし頭を垂れる者はいない。

「水杯じゃ」

景勝は水を満たした杯を掲げた。

その時である。

「申し上げます！」

縁先に息も絶え絶えの様子で使者が走りこんできた。

「魚津城より柴田勝家が撤退を始めました！」

「何だと？」

使者の言上に誰もが顔を見合わせた。使者の言っている意味がわからない。上杉の息の根を止めるまであと一歩のところで兵を引くことにどのような意味があるのだ。

「どういうことだ。理由は！」

兼続は叫んだ。状況の好転を喜ぶばかりではいられない。或いは罠かもしれなかった。一瞬一瞬の判断が家の存亡にかかわってくることは、嫌というほど知っている。情報は何よりも大切であった。

数日して、春日山に本能寺の変の第一報がもたらされた。

京都本能寺で織田信長が明智光秀の謀叛により自害したのは、魚津落城の前日のことである。その情報が各地の織田諸将にもたらされるには数日を要したわけだが、これにより北陸戦線の柴田勝家、前田利家、佐々成政だけでなく、海津の森長可、上野の滝川一益らも己が所領へと一斉に退いたのであった。

「天恵じゃ」

景勝はつぶやいた。

兼続は久々に直江屋敷へ帰った。しかしその表情に笑みはない。出迎えたおせんにも言葉少なく奥座敷へ入る。先ほど魚津落城の際の詳細な様子が伝えられたばかりであった。城将たちは自らの耳に鉄線を通し、名前を書いた札を括り付けて果てたという。兼続は戦利品として持ち去られた首の返還を柴田へ求めた。

御館の内乱以来、それなりの修羅場を潜り抜けてきたと思っていたが、魚津落城はそれ以上の心痛となってこの若き家老を苦しめた。柴田撤退の報に一時は九死に一生を得た安堵と喜びを感じたが、気持ちの高揚が静まると魚津のことが悔やんでも悔やみきれない重石となって心をさいなんだ。

あと数日、我らが天神山に留まることができていたなら。

あと数日、魚津城が持ちこたえていたなら。

あと数日、明智光秀の謀叛が早かったなら。

失わずにすんだ命であった。

あと数日、もう少し、もしもあの時……。

兼続の胸の中には、無念、後悔、悔恨、自責、様々な感情が渦巻いている。別の手立てはなかったのか、自分の判断は正しかったのか。自分の采配ひとつで多くの仲間が死ぬ。兵が死ぬ。その責任の重さを突き付けられた。そんな兼続を、おせんはじっと見ている。

「みな、あなた様を信じて命を散らせたのでございます。魚津の方々がぎりぎりまで戦ってくれたから今があるのでしょう。みな、あなた様に上杉を託されたのです。あなた様にはまだやるべきことが残っているはず。うつむいている暇はないでしょう」

今の兼続にそれが酷な言葉だということはおせんには十分わかっていた。少し休ませてあげたい。そういう気持ちもある。だが、今は進むしかないのだ。

「どんな作戦を立てようとも、兵を死なせずにすむことはできぬ。死ぬとわかっていて行けと言わねばならぬのだ」

良心の呵責と葛藤に兼続は呑み込まれそうになっている。

「そういう苦しみと悲しみを全て引き受けることが上に立つ者の役目なのです。いつかあなた様は言っていました。自分は戦には向かないと。だからこそ、いかに兵の犠牲を少なくして戦うかを考えることがあなた様の仕事でありましょう」

おせんは心を鬼にして兼続を叱咤した。

「あなた様が抱えている苦しみは、私も共に背負います。ご自分ばかりを責めることはやめてください」

おせんは兼続の手を取った。握り返す兼続の手に力が戻っていく。兼続はそのままおせんを引き寄せ、抱きしめた。

兼続は松倉城の須田満親に魚津奪還を指示し、自らは景勝と共に北信濃へ向かった。景勝、兼続主従が川中島四郡を再び制し春日山へ戻ったのは一か月後のことであった。

景勝に呼ばれ、兼続は評定の間へ向かった。すでに景勝と狩野秀治(かのうひではる)が着座している。秀治は年配ではあるが景勝にとっては数少ない気心の知れた家臣であり、兼続と三人で集って酒を酌み交わすことも度々あった。兼続が主に内政を担当するのに対し、秀治は外交面を担当している。兼続が座るのを待って、景勝が言った。

「柴田勝家、羽柴秀吉双方の使者から同盟の要請がきた」

本能寺の変の後、織田家中では主導権の取り合いで柴田勝家と羽柴秀吉が対立している。

「さようにございますか。柴田と羽柴、どちらと組むか考えどころでございますな」

御館の内乱で弱体化した今、南に徳川、東に北条、北は新発田の反乱に上杉が立ち向かっていくには、柴田か羽柴の勢力と結ぶことは必須であった。しかし心情的に今は柴田と結ぶ気になれないのも事実である。魚津城の壮絶な最期を忘れることはできなかった。

「羽柴でございましょうな。明智を討ってからこちら、勢いがございます」

狩野秀治が少し息苦しそうに言った。このところ、持病が悪化して伏せりがちであった。

天正十一年(一五八三)、景勝は羽柴秀吉と誓紙を交換し盟約の交渉が始まった。秀吉家臣の増田(ました)長盛(ながもり)からは兼続に宛てて書状が届き、越中へ侵攻して柴田方を牽制するよう要請があった。

「しかしこのところの天候不順。海路が使えぬとなると、出せる兵の数もたかが知れたものになりましょう」

兼続が言えば、秀治も、

「それがしも同様に考えまする。羽柴には事情を説明し、出馬は今しばらく無理であると伝えましょう」

と続けた。

「仕方あるまい。誠意を見せたほうがよいことはわかっているが」

景勝はため息をついて言った。

四月、賤ケ岳（しずがたけ）で柴田勝家を打ち破った羽柴秀吉は、京へ凱旋し信長の跡を継ぐ者として権勢を振るい始めた。

「羽柴は我らが越中へ兵を出さなかったことを違約とし、高圧的な態度に出ております。こちらの出方によっては、軍事侵攻もありましょう」

狩野秀治の報告に、景勝は眉間にしわを寄せたまま、黙りこくっている。

「ここは、柴田討伐の祝いとして進物を届け、和睦交渉を継続するのがよろしいかと」

「それがよいでしょう。今羽柴と戦っても勝ち目はありませぬ」

兼続が言った。秀治が続ける。

「ただ、今の力の差を考えれば、進物だけではすまぬとも思われます」

「人質を差し出すというか」

景勝が口を開く。

「止むをえません」

秀治が苦しそうに言う。

「国力の差はわかっておる。だが、羽柴に屈するというのか。人質を出してまで、我らは生き延びようというのか。我らは生きたいがためだけに生きるのではない。誇りを捨ててまで生きて何になろう。そこに上杉の義はあるのか」

景勝は声を荒らげた。

謙信公は越後一国で世を正そうとしていた。そんな謙信の庇護下に入ろうとする国衆を従えることこそあれ、他国に臣従するなどという考えは皆目なかった。謙信の死以降内乱をなんとか乗り切り、外圧を押し返すことで精いっぱいだった若い主従にはこれまで上杉の義について顧みる余裕もなかったが、羽柴に屈することは確かに上杉の誇りを傷つけることである。義とは何か。誇りとは何か。

「殿。義と誇りとは別のものにございます」

兼続が静かに言った。

「羽柴に従うは、お家の存続のためだけではございませぬ。謙信公は室町幕府の権威を取り戻すことで世の中の秩序を回復しようとなさいました。しかし、時代は移ろっております。羽柴を支えることで天下の安寧をもたらすことができるのであれば、それもまた義でありましょう。無益の戦で血を流し田畑を荒らすことは上杉家の本懐ではありませぬ。我らは天下が欲しいのではございませぬ。民が安らかに暮らせる国が欲しいのです」

「羽柴に証人を送ることとなった」

屋敷に戻った兼続は、着替えを手伝いに来たおせんに言った。

「人質、でございますか」

さすがのおせんも、顔が青ざめている。

「奥方様を、ということでございましょうか」

乱世の習いとはいえ、確認せずにはいられない。

「そうするよりほか、ないのだ」

兼続も、自分を納得させるように言う。景勝の前では諭すようなことを言ったが、兼続とて人質を出すことに抗う気持ちはあった。

「奥方様は、何と思われましょう」

武田との盟約のため上杉に嫁いできた菊姫であった。政略のため再び人質として秀吉のところへおもむかねばならない心中を思うと、胸が痛む。

思った通り、菊姫は上洛を拒んだ。

「だが、臣従の証として妻子を送るは必定じゃ。子がない故、此度は義春の子弥五郎を我が養子とし、そなたと共に上洛させる。そなたには弥五郎と共に勤めを果たしてもらいたい」

「殿、私をお見捨てになりますか。嫁に入ってから四年、未だ子を成さぬゆえ」

「そうは言っておらぬ。そなたを我が妻と思うからこそ、この大役を引き受けてもらいたいのだ」

景勝も途方に暮れている。そんな様子を下座でうかがっている兼続とおせんであった。

雲雀(ひばり)が鳴いている。それを探して、兼続は空を見上げた。先ほどの菊姫の姿が頭を離れない。このままではなかなか説得は難しいであろう。景勝と菊姫だけに重荷を背負わせることが心苦しくもあった。頭の中で、手持ちの駒をあちこちに動かしてみる。ひとつ、ぴたりとはまるものがあった。しかし。兼続は迷った。

「ここにおいででしたか」

おせんが歩いてきた。

「こうやって二人でここに立つのも久しぶりでございますね」

見晴らし台からの景色は昔と変わらない。ここで兼続が通りかかるのを待つのが、娘時代のおせんの常だった。

「少し、考えたことがあるのです」

おせんはゆっくりと、声を押し出すように言った。

「私も共に上洛するというのはいかがでしょう。奥方様には話し相手が必要にございましょう」

おせんの聡明さと度胸にはこれまで幾度も驚かされてきたが、このときもそうであった。兼続は自分の迷いを断ち切り、言った。

「実は、私も今そう考えていた。殿と奥方様だけに重荷を背負わせることはできぬ。それに、上方の情報を集めこちらへ伝える役目をする者が必要なのだ」

兼続はおせんのほうへ向き直った。

「それができるのは、そなただけだ」

おせんはただ黙って頷いた。とはいえ、まだたった二年の結婚生活である。

「あなた様より先に、京の町を見てまいります」

笑顔で空を見上げるおせんの目に、涙が光った。


秀吉は上杉の証人提出を喜び、再び講和の交渉が進みはじめた。

「おせんのおかげで、菊も不承不承ながら上洛を承知してくれた」

「ようございました。おせんには、上方の状況を逐一伝えるように申し付けてあります」

「さすがじゃの。頼もしいことよ。年が明ければ具体的に上洛させる日取りも決めねばならぬ。そなたらにも負担を強いることになるが、こらえてくれ」

「めっそうもございませぬ。殿お一人に寂しい思いをさせることなど、できませぬ。男は男同士、女は女同士、支え合っての上杉でございます」

年が明け、菊姫とおせんの出立は六月下旬と決まった。旅立ちの前夜、兼続は一枚の短冊をおせんに手渡した。

「そなたのことを詠んだ。しばし離れて暮らすことになるが、そなたのことをいつも思っている。達者でな。奥方様のこと、よろしく頼む」

「旦那様……」

短冊に目を通したおせんは兼続の胸の中に顔をうずめた。越後の景色も見納めである。もうここへ戻ることはないかもしれない。兼続とも、もう二度と会えないかもしれない。このぬくもりを忘れまい。おせんは目を閉じていつまでも兼続の鼓動を聞いていた。

短冊に書かれていたのは、一編の漢詩であった。

二星何ぞ恨まん　年を隔てて逢うを
今夜床を連ねて　鬱胸(うっきょう)を散ず
私語未(いま)だ終わらざるに　先(ま)ず涙を洒(そそ)ぐ
合歓枕下(ごうかんちんか)　五更(ごこう)の鐘

おせんが京へ着いたのは、折しも七夕の時分であった。

「都とはこのように賑やかなところか」

菊姫は辺りを見回してため息をついた。京へ入ってから数日して、菊姫はおせんを伴って市中へ出てみたのである。

「甲斐とも越後とも全く違うのう。それにしてもこの蒸し暑さ。甲斐も暑かったがそれ以上じゃ。越後の風に馴染んだ体には酷であるな」

菊姫はおせんを振り返った。

「そうでございますね」

「いかがした。具合が悪いのか」

答えたおせんの声に普段の張りがないことに気が付いて菊姫が言った。

「いえ、大したことはございませぬ」

「あそこに煎じ物屋がおる。少し休んでいくか。どこか座る場所がないかのう」

菊姫はそう言って辺りを見回した。

「うちとこでよければ、どうぞ」

気のよさそうな反物屋の娘が脇から声をかけてきた。二人は案内されるままに土間の方から店に入り板の間の端に腰かけた。娘は煎じ物売りを呼びに行く。菊姫は棚に並べられている反物を広げてみた。

「おせん、越後上布じゃ。こんなに高値がついておる」

「本当でございますね。越後の民が丹精込めて育て、作った越後上布でございますから、誇らしゅう思えます」

煎じ物屋に茶を注いでもらい一服すると、おせんの気分もいくらかよくなったようである。

「そろそろ参ろうか。この通りの先まで行ってみよう。川の方まで行ったら何か面白いものはあるかのう」

「少し上がらはったら祇園さんがありますえ」

店の娘はおっとりと答える。

「ならばそこまで行ってみよう。どうじゃ、行けそうか」

菊姫はおせんの様子を気にしながら言った。

「はい」

おせんは頷く。

菊姫は娘に礼を言うと腰を上げた。菊姫に続いて立ち上がった時である。突然おせんの視界が真っ暗になった。倒れる、おせんはそう思った。

気がつくと、娘がうちわで煽いでくれている。板の間に寝かされているようであった。

「おせん、気づいたか」

心配そうにのぞき込んでいるのは菊姫である。

「やはり無理をしていたのではないか。今日はもう帰ろう」

「申し訳ございませぬ。せっかくの都見物でしたのに」

「都の見物くらい、これからいつでもできる。カケスに駕籠を探しに行かせたゆえ、それで帰ろう。疲れが出たのじゃ。無理をさせてすまなかったのう」

それから幾日かをおせんは静かに過ごしたが、具合はあまりよくならなかった。体全体がだるかった。食欲もあまりない。めまいや立ち眩みも多かった。日ごろ健康なおせんにしては珍しいことである。寝込むほどではないのだ。ただ疲れやすく、少し動いただけですぐに休みたいと思う。こんなことは初めてであった。

「申し訳ございませぬ。上京したとたんにこの有様で、ろくにお役目も果たせず」

おせんは菊姫に謝った。

「そのようなことは気にせずともよい。水が合わぬのかの」

「この暑さのせいかもしれませぬ」

「熱があるわけではないな」

菊姫はおせんの額に手を当てて言った。

「だが困ったのう。一度医者に診てもらったほうがよいのではないか」

その時、はっとおせんの胸に閃くものがあった。


「菊からひとまず落ち着いたとの文が届いた」

春日山では景勝が兼続に言った。

「おせんからは知らせはあったか」

「はい、無事に着いたと言ってきております」

「それだけか」

「は？」

兼続は首を傾げた。

「上京してから、おせんが体調を崩しているようだ。先日はめまいを起こして倒れたと菊が書いておる」

景勝は兼続に菊姫からの手紙を見せて言った。一読した兼続は無言で手紙を景勝に返した。おせんは何も言ってきていない。心配させないように思ってのことであろう。

「申し訳ございません。奥方様をお支えするため遣わしておきながら」

「そのようなことはよい。長旅の疲れぐらいならよいのだがな。しかし、こう離れていると心配じゃ」

そうは言ってもどうすることもできない。生来責任感の強いおせんである。少々のことで不調を訴えるとは考えられなかった。よほどのことであろう。

「ここよりも京のほうが、よい薬師や医者がおるであろう。菊に探して診てもらうよう言っておく」

「かたじけのうございます」

慣れない土地で不安であろうに何もしてやれないもどかしさを抱えつつ、兼続は屋敷へ戻った。悪い病でなければよいが。何か精のつくものでも送ってやりたいが、詳しいことがわからぬため何を送ればよいのかもわからなかった。おせんから連絡がないまま日が過ぎた。

「浮かぬ顔をしておるな」

実城の廊下で泉沢久秀に呼び止められた。

「おせん殿の具合が悪いと聞いたが」

「ああ。だが、詳しいことがわからぬのだ。どうしてやりようもない」

かれこれひと月以上も前に京へ着いたという短い文が届いたきり、こちらから心配して出した便りに対する返信はない。重大なことがあれば菊姫や周りの者から知らせが届くということはわかっていたが、おせん本人からの音信がないことが兼続を不安にさせた。

「まあ、元気を出せ。今夜は上田の者を集めて酒でも飲まぬか。久しぶりにな」

夕刻、上田衆の若い者たちはそれぞれに酒や肴を持って直江屋敷へ参集した。

「都とはどのようなところかの」

「物があふれ、人があふれ賑やかなのであろうな」

「しかし、越後もなかなかの繁栄ぶりよ。府内湊の賑わいは都には引けをとらぬであろう」

そのような話をしながら酒を酌み交わしていると、小姓がやって来て兼続に文を手渡した。

「おせんからだ」

兼続は思わず言って急いで封を開ける。文字を追う兼続の目がひと所で止まった。


旦那様と離れて暮らすのは寂しゅうございますが、おなかに旦那様の子がいてくれると思えば心づようございます。


子ができたのか。兼続は目を見開いた。

「兄上、義姉上は何と」

弟の実頼（さねより）が心配そうに横からのぞき込んで聞いた。

「子ができたらしい」

「おお！」

上田衆は一気に盛り上がる。

「では、具合が悪いと聞いていたのもそのせいか」

「そのようだ。今は米の炊けるにおいだけで胸が悪くなると言っておる」

兼続は文を読みながら言った。

「これはめでたいではないか。それ、祝いの酒じゃ」

甘粕景継が徳利を持って兼続に勧める。

「だが、我らのおせん殿が与六の子を産むとは、何だか釈然とせぬな」

「全くだ。おい、与六、今宵はとことん聞かせてもらうぞ、そなたとおせん殿がどの様な夫婦生活を営んでおるかをな」

「そうじゃ、そうじゃ」

気がかりが喜びに変わり楽しい宴会は夜半まで続いた。

父親になるのだといわれても実感がない。翌朝、兼続はおせんの文を読み返してみた。おせんと過ごした最後の日々を思い出す。しっとりとしたおせんの肌を思い出す。文を大切に折りたたむと、兼続は懐にしまった。そのまま実城に向かう。

「おせんから文が届きました。子ができたと。このところの体の不調はそのためだったようです」

「なに……おぬし、うまく仕込んだな」

景勝はじろりと睨んだ。

「面目次第もございませぬ。殿より先に子を授かるとは」

景勝はふんと鼻をならした。

「構わぬ。めでたいことじゃ。それにしても厄介な病でなくてよかったのう」

しかし、厄介な病を患っている者が別にいた。

越後の山々が薄く雪化粧をするころ、持病を患っていた狩野秀治が没した。景勝にとっては大きな痛手である。秀治に替わる人材は他に見当たらなかった。能力の問題だけではない。景勝が心を許せるかどうかの方がどちらかと言えば重要であった。

兼続もこの先どうするべきか考えあぐねていた。

縁廊下を渡って評定の間へ入ると、景勝が一人、ぽつねんと座っている。

「ここにおいででございましたか」

外は雪が舞っている。互いに口が重い。やがて景勝が言った。

「秀治の分もすべて兼続、そなたに任せる。問題なかろう」

兼続は景勝の目を見つめた。景勝の寄せる信頼の大きさに身が打ち震える思いであった。やがて、

「お任せください」

兼続は景勝の前に頭を下げた。大役を引き受けることに不安はない。自分に余力がどれくらいあるのかは兼続自身が一番よく知っている。無理であればそうとはっきり言うのが兼続である。秀治の任を他の誰かに任せようと景勝が言うのであればそうするのがよいと思ってはいたが、景勝にその気がないのであればすべてを引き受ける心づもりはできていた。

この後、上杉の外交、内政の一切は兼続の一手に委ねられることとなった。


「元気な姫君でございます。お方様も順調にご回復なされております」

天正十三年（一五八五）春、上方からおせんが無事出産したとの知らせが届いた。

「めでたいの。祝いに酒を持ってきた」

泉沢久秀が、気の合う者たちを引き連れて直江屋敷を訪れた。

「だが、その子にはいつ会えるのかの」

それは兼続にもまだわからないことであった。上洛はすなわち秀吉への臣従であるが、豊臣政権の中でそれなりの地位につけるためには政治的な駆け引きが必要であった。上杉の上洛はその存在が最も高値で売れるときでなければならない。兼続はその時期を見極めようとしていた。

海津城の須田満親より知らせが届いている。

「真田が同盟を求めているようです」

兼続は景勝に報告した。

「徳川と北条との交渉で、沼田城が北条へ引き渡されることになったようです。沼田の領有を主張する真田には寝耳に水のことで、徳川からの離反を考えるだけの理由はあると言えますが」

「されど、真田は本能寺の変の直後、当家に帰属すると言った舌の根の乾かぬうちに北条へ翻り、その後徳川へと寝返りを続けております。信用はできぬ」

評議に列している重臣たちは不満の面持ちである。

「そうじゃ。虫がよすぎるわ」

「しかしな、助けを乞う者を無下にすることもできぬ。それに、徳川に臆して真田を拒んだと思われるのも心外じゃ」

「同盟というよりは、与力として帰属したいということではないかと思われます。此度は人質を送ると言っております」

黙ってみなの意見を聞いていた景勝であったが、やがて口を開いた。

「真田の申し出を受け入れる。窮鳥も懐に入れば猟師もこれを憐れむのだ」

真田から人質として上杉へ差し出されたのは、昌幸の次男、弁丸（べんまる）であった。まだ元服前の少年である。武田家滅亡後、織田に服属する人質として滝川一益のもとへ送られていたが、本能寺の変により一益が伊勢へ退却する途中、木曾領の木曾義昌に預けられた。その後一旦真田へ戻ったが、今回再び越後へ送られることとなったのである。

「真田の人質の件だが。どのような処遇にするか考えておる」

縁先で空を見上げながら景勝が言う。今は亡き三郎景虎様のことが頭にある、と兼続は悟った。

「家臣としてお取立てになるのもよいかもしれませぬな。年が明ければ十六になるとも聞いております。元服もさせてやらねばなりますまい」

景勝は頷いた。

「弁丸には屋代（やしろ）領の一部を与え、我が家臣とする」

年若い弁丸は昌幸の従弟、矢沢頼康に伴われて春日山へ入った。

それから間もない八月、真田の寝返りへの報復のため、徳川家康は上田城へ出兵した。これに対し上杉は真田へ援軍を差し向ける。寡兵ながらも真田は徳川勢を退けた。

年明け早々、真田の人質、弁丸が元服した。これより源次郎信繁（げんじろうのぶしげ）と名乗ることとなる。

# 洛陽

徳川殿より先にご上洛を。

秀吉家臣、石田三成からの催促が入ったのは新緑のころである。景勝は上洛を五月と決め、準備を始めた。秀吉に臣従することを正式に認める上洛である。気が重くないと言えば嘘になるが、景勝と兼続にとっては二年ぶりに妻に会える喜びもあった。

「おまつも大きくなっておろうの」

昨年生まれた兼続の長女は、美しく聡明と誉れ高い菊姫の姉、松姫にあやかっておまつと名付けられていた。景勝に言われ、この時ばかりは兼続も顔をほころばせる。

春日山を発した景勝は家臣四千名を従えて越中から京へ上っていく。途中金沢では前田利家と石田三成の接待を受けた。

京の宿所である本国寺では、菊姫とおせんが出迎えた。

「久しぶりだ。おせん、達者にしておったか」

顔を見れば聞かずともわかるくらいに、おせんは元気である。

「すっかり京の女人になってしまったのではないか」

「そのようなことはございませぬ。それよりも旦那様、おまつを抱いてやってくださいまし」

「おお」

兼続は乳母の手からおまつを抱きあげた。

「近ごろ、よく動くようになりました。間もなく一人で歩くようになりましょう」

「そんなになるか。よい顔色をしておる。ほれ、父様じゃ。これ、泣くでない」

兼続の抱き方が心地悪いのかぐずり出したおまつを、おせんは笑って引き取ると、

「やっと父様に会えましたね」

とすっかり母親である。

数日後大坂へ入った景勝は兼続と共に大坂城で秀吉に謁見した。秀吉の歓待ぶりは周囲も驚くほどで、景勝は秀吉自らの手で茶の接待を受け、兼続も同行した千坂景親（ちさかかげちか）と共に茶頭千利休の点前を頂いた。

その後の秀吉との会談では、真田の問題が取り上げられた。

「上杉殿、真田を我が直属としたいが、いかがか」

真田家が領有を主張している沼田と上田はそれぞれ北条と徳川の支配範疇である。ここに上杉が関わるよりも、秀吉が直接真田を召し抱え、北条、徳川との折衝に当たったほうが話が簡単である。

「構いませぬ」

景勝は頷き、そばに控えている兼続も言った。

「では真田には私の方から早速その旨伝えておきます。その後のことはよろしくお願いいたします」

「うむ。次に、東国の取次は上杉殿に任せようと思うておる。伊達、蘆名にも早う上洛するよう働き

かけてくれぬか」

「かしこまりました」

「そちらの方からは何かあるかのう」

秀吉は人懐っこい笑顔を向けた。兼続は頭を低くして言う。

「我が越後領内、揚北におきまして数年来新発田重家が反乱を起こしております。これを早々に鎮めたく思います」

惣無事令を発した秀吉から新発田討伐の許諾を得ることは、今回の上洛においての上杉の最大の目的でもあった。万が一新発田が秀吉との交渉を直接行うようなことにでもなれば、越後統一の悲願は夢のまた夢となってしまう。しかし、秀吉は言った。

「おお、そうであった。新発田の内乱は早う鎮めねばならぬのう。わしの方からも人を遣わそう。それで新発田が鉾を納めぬようであれば軍を差し向けるがよい。佐渡支配も上杉に任せるが、金山については、上納金を申し付ける。委細、三成と打ち合わせるのがよかろう」

景勝と共に兼続は頭を下げた。越後内部のことに秀吉が人を遣わすというのは忌々しくはあったが、新発田討伐の許しが出たことは収穫である。

「それでな、上杉殿には官位を下されるよう朝廷に願い出ておる。まずは従四位下あたりかのう」

秀吉は上機嫌で言った。

半月ほど京に滞在して越後へ帰国した景勝は宿願の新発田討伐に臨み、翌年ついに新発田重家を自刃させた。足掛け七年にわたる攻防であった。

「ようやく越後をひとつにすることができましたな」

謙信の死後、御館の内乱を経てひたすらに走り続けてきた上杉主従であったが、今ようやく越後全体を支配することが叶った。景勝も感慨無量である。

兼続は弟の実頼を上方へ遣わし、九州討伐と聚楽第完成の祝いを秀吉に伝えると共に、新発田討伐の報告を行った。実頼は秀吉に歓迎され、景勝の清華成り（せいがけな）を受けて従五位下豊臣姓を賜った。

天正十六年（一五八八）五月、景勝は再び上洛した。聚楽第で秀吉と対面すると、従三位に叙せられた。一条戻り橋に京屋敷を賜り、在京賄料として近江に一万石を与えられた。

「兼続、そなたにも土地を与えよう」

秀吉は景勝の前で愛想よく兼続に声をかけた。

「は、私にでございますか」

来たな、と兼続は思った。主に勝るとも劣らない厚遇をすることによって主従の仲を裂くのは秀吉の常套手段である。先年、徳川家宿老の石川数正が秀吉に走ったのも、その手の計略に乗せられたからと言われていた。景勝もおそらくは秀吉の意図をわかっているであろう。ならば、ここは秀吉の逆手を取る。

「ありがたきお言葉。遠慮なく頂戴いたします」

兼続は悪びれもせず、深々と頭を下げた。この程度のことで引き裂かれる上杉主従ではない。自分に野心がないことを一番わかってくれているのが我が殿喜平次景勝様である。絶対の信頼関係がそこにはあった。

京の町は人があふれ、そこここから笛、鉦、太鼓の音が聞こえてくる。

「祇園の祭りらしいの」

兼続は景勝のところから下がってくるとおせんに言った。

「ちと見に行ってみぬか」

「はい、行きとうございます」

おせんは二つ返事で支度をすませるとおまつの世話をキヨに言いつけ、兼続と共に屋敷を出た。

「祇園のお祭りは、年々立派になってきているそうでございます。山鉾（やまほこ）など、辻町ごとに競って飾り立てるそうです」

祇園祭は平安のころ、疫病を払うために始まった御霊会（ごりょうえ）である。戦乱の時代を経て、荒れた京の町が復興してくると町衆がその運営を担い、資金や労力を提供するようになった。それは、平穏を取り戻した京の町衆の喜びの表れでもある。鉾町、寄町ごとに山鉾をつくり、南蛮から取り寄せた布や金工細工などを贅沢に使って飾り立てている。

「あれは、長刀（なぎなた）鉾というのでございます」

兼続より京の生活に通じているおせんが説明した。

「これはまた、見上げるのも難儀するような、大掛かりな鉾だ」

兼続は首を伸ばして天高く掲げられた長刀を見上げた。二人はのんびりと町中を歩いていく。

「あちらは函谷（かんこ）鉾です」

「おお、あの函谷関の故事に因むものか。なるほど山から月が出ておるな」

兼続は趣向を凝らしたそれぞれの山鉾を興味深く眺めている。

二人の脇を通り過ぎていった女物の輿が、少し先で止まった。中から若い娘が下りてくる。

「直江様」

「おお、これは佐江殿」

兼続は娘のほうへ大股で歩み寄った。おせんは立ち止まる。

「直江様も、お祭り見物ですか」

公家の娘だろうか。二十歳前後の豊かな黒髪の娘である。

談笑している兼続と娘を見ているうちに、おせんは胸の内にさざ波が立つのを覚えた。娘が兼続越しにちらりとおせんの方を見た。しばらく話した後、娘はまた輿に乗り、先へ進んでいった。

「三条西家の姫御で、佐江殿というのだ」

おせんのところへ戻ってくると、兼続は説明した。

「今度、三条西家で源氏物語の講釈があるそうなのだが、来ないかと誘われた」

「そうでございますか」

「だがな、都合が合いそうにないのだ」

兼続が残念そうに言う。

青苧座の本所である三条西家を訪れたことは何度かあるが、おせんはこれまで一度も佐江などという娘に会ったことはなかった。女のおせんには興味などないのであろう、屋敷の奥に引っ込んでいたに違いない。

二人は祇園社にお参りしてから四条大橋の方へ戻った。陽は大分傾き、祭りの喧騒も一段と大きくなったようである。

「どうした、先ほどから何もしゃべらぬではないか。少し疲れたか」

兼続が言う。おせんは小さくため息をついてから言った。

「先ほどの姫君のことにございます」

「佐江殿のことか」

「随分と親しげにお話されていました。どこへ行っても、旦那様は女人に人気なことでございますね」

声に棘が混ざるのを、馬鹿馬鹿しいと思いながらも止められないおせんである。

有力大名である上杉家の外交を一手に担い関白の覚えめでたい兼続は、この数か月の滞在で武士だけではなく京の公家や町人にも注目される存在となっていた。加えてその見た目の格好よさ、よく通る声、誠実な眼差しと温厚な態度は京の女たちの気をひくには充分であった。

「何を言っておる。たまたま出会っただけではないか」

「ああいうお方とはいつの間にお知り合いになるのでしょう」

おせんが少しすねたように言う。その様子が愛おしくて、兼続はそっとおせんの手を握った。

「心配は無用だ。私はそなただけを見ておる。そなたより美しく、そなたより聡い女人を私は見たことがない。私のかけがえのない妻だ」

その言葉をおせんは大事に胸の中にしまう。

「旦那様とこのように出歩くことは、初めてのような気がいたします」

「そうかもしれぬな。越後ではこのようなゆとりはなかったからの」

夕闇が迫る中、賀茂川に沿って歩く。吹き渡る風が川を越えて、涼しく心地よい。残照を受けて輝く川面が天の川のように見えた。

「私語未だ終わらざるに　先ず涙を洒ぐ」

おせんが、ふと思い出したように言った。

「前に旦那様にいただいた漢詩でございます。間もなく越後へご出立でございますね」

「ああ」

兼続は言って、そっとおせんの肩に腕をまわした。

「だが、その前にもうひとつやりたいことがあるのだ」

数日後、兼続は妙心寺の南化玄興（なんかげんこう）を訪ねた。南化は当代随一の禅僧との誉れが高く、甲斐の快川（かいせん）紹喜（じょうき）に師事した名僧である。

「上杉家ご家老の直江様でございますか。今日は何用でおいでなされた」

部屋へ通され、茶を勧められる。

「南化和尚様の御高名は越後にても耳にしており、機会あらば教えを請いたいと思っておりました」

茶を頂きながら部屋の中を見回すと、一揃えの本に目が留まった。

「これは『古文真宝（こぶんしんぽう）』でございますか」

思わず腰を浮かせて覗き込む。『古文真宝』はこの春、越後で僧を招いて講釈を受けたばかりである。

「いかにも」

兼続は大きく息を吸い込むと、まっすぐに和尚を見て言った。

「この後集抄（こうしゅうしょう）を是非にも書写させていただきたいのですが」

「書写とはいうが、『古文真宝後集抄』は全十巻、二十三冊にもなるものですぞ。そう簡単には写せぬと存ずるが」

「そのために越後より選りすぐりの祐筆を多数連れてまいりました。日数はおかけしませんので、お貸しいただけませぬか」

南化玄興は値踏みするように兼続を見た。

「直江様はこれまでどのような書物をお読みになられたのかの」

「は、武経七書、三史は概略ですが読んでまいりました」

「ほう、三史まで読まれたか。それはかなりの読書家ですな。ならば、こちらへ参られよ」

和尚の案内で連れていかれたのは、寺の書庫であった。

「これは」

その蔵書を前にして、兼続の目が輝いた。

「手に取ってみてもよろしゅうございますか」

和尚の許可をもらい、兼続は一冊手に取る。あまりの感激に、そこに和尚がいることも忘れ読書に没頭し始めた。和尚はしばらくその様子を見ていたが、そっとその場を去った。

四半刻もしてから、兼続はようやく自分が書庫に一人取り残されていることに気が付き、慌てて本堂へ戻った。

「申し訳ございませぬ。つい読みふけってしまいました。まことに、宝の山のような場所でございますなあ」

興奮冷めやらぬ様子の兼続に南化玄興は言った。

「直江様の勉学に向かわれる姿勢、よくわかりました。だが、『古文真宝抄』は替えのない貴重書、寺から持ち出すことはできぬことになっております」

「左様でございますか……。では、こちらに人を寄越し、写させていただくのではいかがでしょうか」

兼続も容易には引き下がらない。

「なぜにそこまでなさりたがる」

「なぜにと言われましても、越後に持ち帰り、傍らにおいて読むためでございます」

当たり前と言えば当たり前のことである。和尚も自分の愚問に苦笑した。

「わかりました。宿坊をお使いなされ。それならよいでしょう」

「ありがとうございます。では、早速に」

兼続は供の者を屋敷へ戻し、祐筆を呼んでくるように言った。

兼続は宿坊に大量の紙と墨を持ち込み、七名の祐筆を動員して夜を日に継いで書写させた。兼続自身も暇さえあれば様子を見に来る。帰国するまでの短い期間で書写を終わらせようとする兼続の熱意には南化玄興も舌を巻くばかりであった。

八月に入り兼続は朝廷より従五位下山城守を任じられ、豊臣姓を許された。帰国の準備があわただしい中、『古文真宝』の書写が終わった。

「ようやく終わったか。ご苦労であったな」

妙心寺の宿坊を訪れた兼続は祐筆たちをねぎらった。あとは綴じるだけである。そこへ南化玄興が幾葉かの書き付けを持ってきた。

「これを最初に綴じ込んでもらえませぬかな」

「何でございますか」

「この写しがいかにして作られたか、由緒書きがあってもよかろうと思いましてな。拙僧自ら筆をとってみました」

書きつけたものを兼続に見せる。


城州刺史直江兼続公者北越賢守上杉宰相景勝卿股肱良臣也……

……偶禅録中有先哲所製之古文一鈔公一見而求謄写焉余諾矣……


末尾には南化玄興の印判まで押されている。

「このようなものを、わざわざお書きくださったのですか」

兼続は感動し恐縮して押し戴いた。

「あなた様の熱意に感服しましてな。次にご上洛の際はまたお立ち寄りください」

「ありがとうございます。是非にもそうさせていただきます」

兼続は南化玄興の序文を綴じこんだ第一冊目を大事に抱えて屋敷へ戻った。

「おせん、見てくれ、出来上がったぞ」

戸口からおせんを呼ぶ。

「お帰りなさいませ。まあ、出来上がったのですね。見せてくださいまし」

奥から急いで出てきたおせんは、上気した兼続の顔を子供のようだとおかしく思いながら、本を手に取った。

「南化和尚様が、自ら序文を書いてくださったのだ」

「何と書いてあるのでございます」

漢文は読めないおせんである。漢文を自由に読み書きできる者はこの当時の教養人の中でもごくわずかであった。そのうちの主だったものは仏僧であり、武将ではほんの一握りしかいない。

「城州刺史とは、山城守のことだ。私を、景勝卿股肱の良臣と褒めてくださっておる」

その無邪気に嬉しそうな様子は、師に褒められた弟子そのものである。

「ほんに、ようございましたねえ」

おせんは年下の夫を慈しむように見つめ、微笑んだ。


天正十八年（一五九〇）、秀吉は北条征伐を断行した。景勝は前田利家、真田昌幸と共に北陸道軍を任されている。川中島を経由して真田軍と合流した兼続は、久々に源次郎と顔を合わせた。上杉に仕えていたころから約三年ぶりである。

「立派になったものよの。此度が初陣と聞いたが」

「はい。直江様、お懐かしゅうございます。この度関白殿下より人質の任を解かれ、参陣することとなりました」

溌溂と答える源次郎である。

「それはよかった。期待しておるぞ。真田の武勇をみせてくれ」

軽く肩を叩く兼続に源次郎は人懐っこく笑ってみせた。

北陸道軍は大道寺政繁父子が守る松井田城を皮切りに箕輪（みのわ）城、鉢形（はちがた）城を次々と攻略し、六月二十三日、八王子城を陥落させた。本拠小田原城は七月五日に降伏開城、ここに百年にわたる後北条氏の関東支配が終結した。景勝はその後、出羽・庄内の支配を命じられ豊臣大名大谷吉継らと共に検地を行い、冬になってようやく越後へ戻った。


おせんはその日、公家の三条西家へ出向いていた。青苧座の本所である三条西家へ年末の挨拶に行くのはおせんの役目である。その帰りのことである。思ったよりも時間がかかり、師走の短い陽はもう大分西へ傾いている。

「少し急いでいきましょう。日が暮れそうじゃ」

おせんは供として連れてきたカケスに言った。内裏の裏手から一条戻り橋の上杉屋敷へはどんなに急いでも女の足で四半時はかかる。二人は町屋の賑わいを縫うように歩いていった。

「姫さま、先ほどより我らの後をつけている者共がいるようです」

カケスがおせんに近寄り、低い声で囁いた。言われてそれとなくあたりを見回すが、おせんにはわからない。

「何人ほど？」

おせんは問い返した。

「二人は確実でございます」

「心当たりは」

「ございません」

おせんも考えてみるが、これといって後をつけられるような理由は思い当たらない。

「人通りの多いうちに帰りましょう」

しかし小川通（こかわどおり）を過ぎたところでおせんは面識のない男たちに囲まれた。

「上杉家執政直江山城守殿の奥方とお見受けする」

一人が低い声で言った。相手は四人。カケスはおせんにぴったりと身を寄せ、指一本触れさせぬよう守りの態勢をとった。おせんが答えずにいると、男は続けた。

「少々お願いの儀があり申す。こちらへご足労いただきたい」

言葉づかいは丁寧だが、有無を言わせぬ態度で四方を取り囲んだまま男たちはおせんを町外れの廃屋へ連れていった。

「願いの儀とはいいながらこのような扱い、無礼であろう」

おせんは恐ろしさを押し殺して言った。カケスがそばにいる限り心配はないと思いつつも声が震える。

「まずは素性を明かされよ」

しかしそれに答える者はいない。

「奥方に危害を加えるつもりはありませぬ。それはご安心を」

さっきの男が言った。

「では早く用件を申せ」

男たちは目配せをかわすと一人だけが残り後の三人は姿を消した。およそ周囲の見張りにでも行ったのであろう。

「奥方は千利休殿を知っておろう」

男の言葉に、話の行方がわからずおせんは戸惑った。

「関白殿下の茶頭として権勢をふるわれているが、実はこのところ関白殿下との間に隙間風が吹いておってな」

男は射るような目でおせんを見つめていった。

「遠からず京を追われることになろう。あるいはもっと厳しい処分となる可能性もある。そこで奥方には、利休殿を助けるため一肌脱いでもらえぬかと思っているのです」

おせんは黙っている。利休の聚楽屋敷と上杉屋敷は隣接している。それをわかってのことか。

「今、関白殿下には手に入れたいものがふたつある。ひとつは『橋立』の茶壷、今ひとつは利休殿の娘、お吟。このふたつを関白殿下に差し出すよう、利休殿に働きかけてもらいたいのだ」

「なぜそのようなことを私がしなければならないのです。茶壷だろうが娘だろうが赤の他人が口を差し挟むことではありませぬ。そもそも、娘を差し出すなどと女を物として扱うような言いよう、聞き捨てなりませぬ」

　言っているうちにおせんは怖いのも忘れ、腹が立ってきた。

「処分が下されてからでは遅いのだ」

「だからと言って。私に何をさせたいのです」

「ただ少し、利休殿かお吟殿と話をしてくれればそれでよい。利休殿の館とは隣同士ではないか」

「目的は何なのです。利休殿をお助けすることの他に、何かあるのであろう」

　所詮女だと侮っていたが思いのほか手ごわい相手に感心して、男はおせんを眺めまわした。

「事がうまく運んだ折には奥方にはそれ相応のお礼をいたしましょう。そればかりか山城守殿も関白殿下の直臣に引き立てられましょう。直江家が大名に列せられるのですぞ」

「褒美など欲しくもありません。山城とて、どれほどの金銀財宝を積まれようとも上杉を離れることはありません」

　おせんは完全に腹を立てていたが、男の口調は次第に恫喝するようなものに変わっていく。

「奥方は利休殿を見殺しにするか。人一人の生死に関わることであるぞ。利休殿と話をすることくらい、難しいことではなかろう。忠告しておくが、言う通りにしなければ御身の保証はできぬ」

「そのような要求、受けられませぬ。何を勝手に。なぜ私なのです。私には関係のないことです。そもそも、天下の政に関わること、軽々しく上杉を巻き込みなさるな」

おせんは喘ぐように言った。

「それでは、うんと言うまでここにいてもらうことになる。奥方には危害を加えぬと言ったのもこれまでだ。この後、その身の保証はできぬ。その体、二度と山城守に見せられぬものになるやもしれぬぞ。上杉家執政の奥方などという上物、滅多に味わえるものではないからな。そうなれば天下の智将直江山城守も世間の笑いものとなろう。妻一人も守れぬとな」

おせんは息を呑み、思わず一歩後ろへ下がった。いつの間にか、消えていた三人の男たちが戻ってきている。カケスはおせんを庇うように前へ出た。

恐ろしい沈黙の後、男が言った。

「まあ、よい。今日のところはこれでお帰し申そう。だがよく考えられよ。利休殿を見殺しにし、その上その身まで危険に晒すのが得策であるか。奥方の動静は逐一我らの耳に入るようになっている。こちらの思惑通りに動いてもらえぬ時には、また会うことになろう。その時は容赦はせぬ」

男は薄笑いを浮かべて立ち去った。おせんは動悸を静めるように胸に手を当て大きく息を吸った。足が震えている。

「姫さま、大丈夫でございますか」

「大丈夫」

おせんは呼吸を整えると廃屋を出た。

千利休は先ごろの北条征伐にも秀吉に従って関東へ下向していたと聞く。それがにわかに失脚するとは信じ難かった。しばらく考え込むようにしていたおせんであったが、やがてカケスに言った。

「このことは決して旦那様にお伝えしてはなりませぬ。もし私がこのような目にあったと知れば、旦那様は黙ってはおられまい。何かしらの行動を起こされるでしょう。それがあの者たちの狙いかもしれないのです。

大体、あのような話、鵜呑みになどできぬ。しばらく様子を見ましょう。そなたも真相を探ってみてはくれまいか。とにかく今、軽はずみな行いは慎まねばなりませぬ。よいですか、このことはくれぐれも私とそなただけの内密に。上杉を厄介なことに巻き込んではならぬのです」

心の中の動揺を隠し、おせんは毅然として言った。

それから間もなくして、景勝に従って兼続が上洛した。年越しや新年の行事に忙殺されてしばらくこの一件について深く考えることもできなかったおせんであったが、松の内も過ぎたころ京の町を駆け巡った風聞に青ざめた。利休の娘お吟が堺の屋敷で自害したというのである。秀吉の側室に上がるのを拒んでのことという。

関白殿下が手に入れたいもの。「橋立」の茶壷と利休の娘。男の言葉が思い起こされた。

そのひとつが抗った末に失われたという。秀吉と利休の確執は確かなことのようだった。利休はこの後どうなるのか。

……こちらの思惑通りに動いてもらえぬ時には、また会うことになろう。

そう言った男の声を思い出すと同時に、あの時の恐ろしさがまざまざと蘇った。

翌朝菊姫のもとへ出向くため直江屋敷を出たおせんのそばを、風のように影が通り過ぎた。

「願いの儀、よもや忘れてはおらぬであろうな。取り返しのつかぬことになる前に、利休殿へ働きかけよ」

影はささやいた。おせんは恐ろしさのあまり路上に立ちすくむ。異変に気付いたカケスが現れた。

「姫さま」

「先ほどの者は」

「捕えそこないました。申し訳ありませぬ。お怪我はございませんか」

「大丈夫」

「あの者は何と」

「あの時のこと、忘れておらぬだろうなと」

あれ以来カケスがずっと身の回りを警護してくれているのはわかっていた。しかし、今またあの時のことを思い出すと体が震えた。カケスを信じているとはいえ、いつ何時、誰に襲われるかもしれない。おせんは自分で自分を抱きしめて震えを止めようとした。

あの者たちの狙いはおそらく豊臣政権における上杉の名声の失墜だ。

兼続に話してしまえればどんなに楽か。だが、自分の不在の間に妻があのような脅迫を受けたことは、上杉家執政として許しがたいことである。それが明るみに出れば、おせんのためにも兼続自身と上杉家の体面のためにも必ずや何かの措置を取らざるを得なくなるだろう。それだけはさせてはならない。上杉を危険に晒してはならないのだ。あのようなことになったのも、どこか自分に油断があったからだ。口が裂けても言えぬとおせんは一途に思った。動いても動かなくても、苦境に立たされることに変わりはないのだ。ならば、動かない。私さえ黙っていれば何もなかったことにできる。だからこのことは墓場まで持っていく。

「姫さま、お顔の色が悪いようでございます。お屋敷へ戻られては」

「案ずるな。菊姫様がお待ちなのじゃ」

そう言っておせんは上杉屋敷へ入っていった。

その夜兼続の求めに応じて肌を重ねたおせんであったが、いつものように身も心も全てを兼続に預けることができなかった。あの男の薄笑いが目に浮かぶ。女の弱みに付け込まれ気の遠くなるような言葉でもてあそばれた。

……上杉家執政の奥方などという上物、滅多に味わえるものではないからな。

その記憶が、兼続を受け入れることさえも難しくしていた。

どこがどうとはっきりとは言えないが、おせんに普段と違うぎこちなさがあることに兼続は戸惑った。怯えているのか。だとしたら何に対してだ。おせんの放つ違和感の正体を見極めようとするが、わからない。男か？　おせんに限ってまさかとは思うが、その線を排除しきれない兼続であった。

二月に入り、利休は堺の屋敷に蟄居させられた。巷では様々な風聞が飛び交っている。しかし蟄居に至った真相は茫として知れない。おせんの動揺は尋常ではなかった。自分が動かなかったことが利休を窮地に追い込んだのかもしれないと思うと、気が変になりそうだった。でも動かない。動いてはいけない。おせんは心に決めた。私の身はカケスが守ってくれる。それでももし万が一のことが起こったら、辱めを受ける前に自害する。覚悟したおせんは護身用の短刀を胸元に忍ばせた。

夕刻屋敷に戻った兼続の目に物思いに沈むおせんの姿が留まった。このところ、おせんの顔に明るさがないことが気にかかっている。

「どうかしたのか」

脱いだ羽織をおせんに預けながら兼続は聞いた。

「いえ、何もありませぬ。ただ、利休殿の蟄居はどれほど続くのでございましょうか」

「私にはわからぬ。そもそも蟄居の理由がわからぬのだ。何かひとつ大きなことがあったというよりは、些細なことが積み重なってのことのようだ。だが、我らが首を突っ込むことではない。思うことは多々あるが、下手な介入は危険だからな」

おせんはあの時の自分の判断が正しかったことに胸を撫でおろしつつも、あの時男が言ったことが頭の中から離れない。

……利休殿を見殺しにし、その上その身まで危険に晒すのが得策であるか。

「おせん……？」

思いつめたような様子のおせんに、兼続は言った。

「一体どうしたのだ。このところ、少しおかしくはないか」

「もっと重い処分が下されることもあるのでしょうか」

「利休殿のことか。それはわからぬ。間もなく最後の申し開きが行われると聞いてはいる。それ次第であろう」

おせんはそっと胸元に手を当て、短刀のありかを確かめた。兼続が上洛している今となっては、あれはただの脅しかもしれないとも思う。でも、もしもの事が起こったら。

何も告げずに自分が命を絶ったら、兼続は何を思うだろう。いや、何も言わなかった自分の意図をきっと理解し、内輪のこととして治めてくれるはず。自分の死が無駄になることはない。後のことは心配しなくてもよいのだ。

それでも、可愛い盛りのおまつのことを思うと胸が苦しくてたまらなかった。顔を上げていることができず、おせんは思わずうつむいた。

兼続はおせんの様子を注意深く見つめている。利休の一件に心を痛めているというのはわからぬでもないが、それだけとも思えない。

「おせん」

「そなた、私に何か黙っていることがあるのではないか」

しかし、心が遠くにあるおせんに、兼続の声は容易には届かなかった。

兼続は再び言った。ぼんやりと兼続の方へ顔を向けたおせんは、はっと我に返った。

「何でございましょう」

「そなた、私に何か黙っていることがあるのではないか」

「いえ、何もございません」

おせんは努めて平静に答えた。だが、おせんの顔が一瞬強張ったのを兼続は見逃さなかった。

「私に言えぬことか」

兼続は重ねて聞いた。

「何もございません」

おせんはかすれた声で言うと目をそむけ、羽織を片付けるため席を立った。何かある、と兼続は確信したがそれ以上おせんを追求することはやめた。

間もなく利休は京屋敷へ呼び戻され、切腹が申し付けられた。隣接する上杉家は屋敷周りの警備を命じられた。

切腹の日、兼続は一通り警備の状況を確かめて回ると直江屋敷へ戻った。おせんは朝から気分が優れないと言って自室に引きこもったままである。

「大丈夫か。どんな具合だ」

兼続はおせんの部屋をのぞいた。

「申し訳ございません。少し横になっていればよくなると思います」

おせんは兼続と目を合わせるのを避けながら言った。

「そうか。無理をせずともよい。ゆっくりと休んでおれ」

そう言うと兼続は部屋を出て襖を閉めた。おせんの顔色の悪さは尋常ではなかった。さすがに放っておけぬと思った兼続はカケスを呼んだ。最近の立ち居振る舞いからしてキヨが何かを知っているとは思えない。

「近ごろおせんに何かなかったか」

兼続は尋ねた。

「存じませせぬ」

カケスは視線を落としたまま言う。

嘘をついている。兼続はじっとカケスを見つめた。

「おせんがそなたに箝口令を敷いていることくらい、わかっている」

兼続は言った。

「何があった」

兼続の威圧に到底逆らえないと感じたカケスは重い口を開いた。

「姫さま……、お方様にはお家に面倒がかからぬよう、旦那様のお耳には入れるなと言われておりました。旦那様がご上洛なさる少し前のことです。三条西家へご挨拶に出られた帰り、見知らぬ男どもに囲まれたのでございます」

「何だと」

兼続は低い声で言った。

「それがしが供をしておりました」

「そなたがついておりながら、何をしていたのだ！」

兼続の強い叱責にカケスは身を縮めて平伏する。

「弁解の余地もございませぬ」

「詳しく話せ」

「四人の男が我らを取り囲んで、町外れの廃屋へ連れ込んだのです。そこで取引せよと言われました。関白殿下に『橋立』の茶壷と娘御を献上するよう、利休殿へ働きかけよというものでした。説得がうまくいけば礼は存分にする、山城守様も関白の直臣に引き立てられるというのが取引の条件でした」

兼続は嫌な顔をした。「橋立」の茶壷については兼続も聞いたことがあった。足利将軍家に伝わる唐物茶壷で織田信長の手に渡った後、利休が所持していたものであった。秀吉はこれに執着し何とかして手に入れようとしたが、利休はどうあっても手放さなかったという。

「筋違いにもほどがある。なぜにそのように回りくどいやり方をするのだ。どこの手の者かわからぬのか」

「申し訳ございません。その後探ってはみたのですが、手がかりもなく」

カケスは身を縮めたまま言った。

「続けよ」

「お方様は即座に断られました。するとその者は、利休殿を見殺しにするのかと脅したのです」

責任感の強いおせんのことである。利休を殺したのは自分であるかのように思い悩んでいたのだろう。

「その上、……」

カケスは口ごもった。

「何だ。申せ」

兼続は先を促す。

「お方様の動静によっては再びの拉致、監禁もあると。その時には手籠めにする、二度と山城守に見せられぬ体にしてやるとまで」

……それか！

思わず兼続の両手が拳を握る。突き上げる怒りに瞬間我を忘れるかと思った。あの夜の違和感の原因がここにあった。例えそれが言葉でなぶるだけだったとしても、おせんにとっては犯されたも同然の辱めであったに違いない。

「監視は」

「実際に付けられた気配はありません。ですが、ひと月ほど前に一度だけ、草の者がお方様に接触しました。重ねての脅迫のためでした。お吟様自害の風聞が広まったころです」

喋れば喋るほど自分の失態をさらけ出すようで、カケスは唇を噛む。ひとり立ちした時から一心におせんの身を守り、その耳目となって働いてきたという自信が砕け散るばかりである。解任されてもおかしくはないとカケスは思った。

兼続は深いため息をついた。調略か。

カケス一人を責めるつもりはない。予期せぬ大きな力がそこに働いていることを兼続は感じ取っていた。

おせんが動じなかったお陰で事なきを得たが、もし動いていたとしたらその先にどのような罠が仕掛けられていたのか、想像もつかなかった。兼続不在の隙を狙っておせんを追い込み、無理にでも上杉を動かそうとする不気味な力の存在をありありと感じる。

……そのようなことをたった一人で抱えておったか。

兼続は権謀術数渦巻く上方のおぞましさを垣間見た気がした。一瞬でも気を抜けば、足元を掬われる。

上杉家に対し、兼続に対し、おせん自身に対し幾重にも張り巡らされた包囲網にがんじがらめにされ身動きが取れなくなったおせんは、救けを呼ぶことすらできなかったのだ。標的にされたおせんの苦しみを、兼続は自分のこととして感じる。上杉家執政の妻であるがゆえに負わせてしまった艱苦でもあった。もっと早くきちんと話を聞いてやるべきだった。

「して、おせんは無事であったのだな」

兼続は心を落ち着けると言った。

「は、その場はそのまま解放されました。その後もそれがし、片時もお方様のそばを離れぬようにいたしておりました。身体的には指一本、お方様に触れさせてはおりませぬ。ですが、お心は深く傷つけられてございます」

兼続は頷いた。利休が切腹をした以上、この目論見は失敗に終わったということになろう。おせんももう安心してよい。廃屋でたくさんの男に囲まれ、さぞ怖かったことであろう。それでも必死に要求を拒むおせんの健気な姿が目に浮かんだ。その後もいつまた誰に襲われるかもしれぬという恐怖の中で日々を過ごしていたに違いない。

「おせん」

その夜、一人縁先に立つおせんを兼続は背後から抱きしめた。おせんは驚いて兼続の方へ顔を向ける。

「おせん」

その華奢な体を、兼続は自分の腕の中にしっかりと包み込む。この健気な妻をこの先二度と危険な目にあわせはしない。そう心に誓った。

「気に病むでない。そなたは正しかったのだ。利休殿のこと、もしそなたが軽々に動いておったら、上杉にどんな面倒が降りかかったかもしれぬ。それがわかるそなただから、利休殿のことを見て見ぬ振りをしたのであろう」

おせんの目がなぜ、と問うている。

「カケスに全て白状させたのだ。このところのそなたは、どうみてもおかしかった」

おせんがほっと息を吐いたのがわかった。

「私の妻であるが為に、怖い思いをさせたな。それに、辛かったであろう」

自分の方へ向き直ったおせんを、兼続は力強く抱きしめた。おせんの瞳にみるみる涙が溜っていく。

「利休殿のこと、そなたのせいではない。これが都の政だ。そしてそなたはその政の本質を見抜いていた。上杉を関わらせてはならぬとな。そしてまた、上杉家執政の妻としての立場をわきまえていた。己が身を危険に晒してまで。さすがだ」

張りつめていたものがふつりと途切れる。苦しさが溶けて流れ出す。

「だがな、おせん、もう二度と私への隠し事は無しだ」

兼続は涙をいっぱいに溜めたおせんの瞳を覗き込んだ。

「でなければ、そなたを守れぬではないか。そなたを守るのはカケスではない。私だ」

「はい」

頷くおせんの瞳から涙があふれた。

「無事でよかった」

兼続はおせんを抱きしめ、その髪に顔をうずめた。兼続の胸の中で、おせんはいつまでも泣いた。

利休の発言力が増大したことによる秀吉との確執は、利休が膝を屈すれば収まることではあった。利休もそれは十分にわかっていたはずである。しかしそれは誇り高き茶人の心が許さなかった。

秀吉の暴走を誰も止められなくなっている。秀吉の天下が歪み始めている。


日差しが柔らかくなり、聚楽第の周りの桜も満開を誇っている。花の季節の訪れとともに、おせんの心にも平穏が戻ってきた。出羽で一揆が勃発しているので、兼続は鎮圧のため早々に京を発たねばならない。その支度の合間に書斎で兼続は筆を執り、空を見つめて考えている。

「いかがなさいました」

おせんが花を生けに来て尋ねた。

「幽斎殿の発句がなかなか心惹かれるものでな」

「どのような発句でございます」

おせんは興味をそそられた。

「これだ。『花の後帰るを雁の心哉』　情景が目に浮かぶであろう」

「そうでございますね」

「昨日の句会で詠まれたのだが、心に残ってな」

おせんは微笑んで兼続を見た。

「それで、これを主題に漢詩を作ろうと考えていたのだ」

「よいのができそうですか」

「いや、まだこれからなのだ。まず雁はどこへ帰るのかと思って考えているのだが」

「北でございましょう」

おせんは、こともなげに答えた。

「暖かくなると、雁は寒いところへ渡るのです。越後の方か、あなた様の向かわれる出羽の方かもしれませぬ」

兼続は感心しておせんを眺めた。よい詩を作ろうとして題材をひねくり回した挙句にかえって駄目にしてしまうことが多々ある。詩作を知らないからこそ単純に素材のそのままを引き出すこともある。なるほど、と兼続は思った。雁の姿と自分の姿が重なった。

「そろそろ聚楽第へ上られる時間でございますよ。お仕度のお手伝いをいたしましょう」

春雁似吾吾似雁　　春雁吾れに似て　吾れ雁に似たり
洛陽城裏背花帰　　洛陽城裏　花に背いて帰る

おせんの言葉から生まれた漢詩の一節を胸の内で反芻しながら兼続は東海道を東へ向かっている。北条征伐の後、出羽は上杉家の管理下に置かれている地域である。一揆を鎮めるのは上杉の役目であった。富士の裾野へ差し掛かった時馬を休めていると、すぐそこに荒んだ社(やしろ)があることにふと気がついた。鳥居は朽ちて傾き、生い茂った雑草に隠れるようにして小さな祠があった。扉を開いてみると木像が三体転がっている。土地の者からいつの間にか忘れ去られた社であった。兼続はそっと扉を閉めると、草をかき分け馬を待たせてあるところへ戻った。

その夜街道筋の旅籠に宿を取った時、兼続は宿の主人に昼間見た社について尋ねた。

「はあ、そのようなものがございましたかねえ」

主は首をひねったが、

「だが、爺様なら何ぞ知っているかもしれません。おい、およね、ちっと爺様を呼んできな」

とそばにいた娘に言いつけた。

呼ばれてやって来た爺様はかなりの年寄であったが、兼続の問いに何度も頷くと言った。

「あれは、曽我(そが)の兄弟を祀った社と聞いております。凡夫(ぼんぷ)川の脇にあったのが大雨で流されて、そのままになっていると聞きおります。わしの子供のころからもうずっとあんな感じで今じゃ誰も見向きもしませんがね」

「曽我の兄弟というと、頼朝公の時代、『曽我物語』で父の仇討をしたと伝えられる、あの兄弟ということか」

兼続は驚いた。しばらく感慨にふけると言った。

「孝行心の厚い曽我兄弟のことはかねてより尊崇している。どうであろう、あの木像を私に譲ってはもらえぬか。国に持ち帰り社を建てて祀りたいのだが」

「構わねえと思います。誰も気にしちゃあいません。御武家様に丁重に扱ってもらえるなら、神様もその方がいいでしょう」

翌朝兼続は祠の所へ戻ると兄弟と父の木像を大切に包み、行李の奥へしまった。出羽の一揆を鎮めて後、越後へ戻ると父兼豊（かねとよ）に預け、神達明神（かんだつ）として祀った。

北条攻め、奥州平定を成し遂げた秀吉は間もなく諸大名に朝鮮出兵を命じた。我が子鶴松の夭折による自暴自棄、あるいは飽くこと無き領土欲、その理由がどこにあるのか、はかり知ることはできないが、上杉主従には無謀な戦であるとしか思えない。

「気が進まぬ。朝鮮で戦をすることのどこに義があるというのじゃ」

景勝は眉根を寄せて言った。

「全く同感にございます。しかし誰一人太閤を止められぬ。豊臣の世の限界を見る気がいたします」

文禄元年（一五九二）三月、兵五千を率いて景勝は春日山を発し、ひとまず京都へ着いた。一条戻り橋の直江屋敷へ入った兼続をおせんが出迎えた。

「何でございますか、これは？」

戦支度の荷物の中に、分厚い本を見つけたおせんは聞いた。

「これは韻書（いんしょ）だ。漢詩を作るときの必需品なのだ」

兼続は本を開いて見せた。細かい漢字がびっしりと並んでいて、余白にまで細かい字で書き込みがある。必需品なのはわかるが、重いし、かさ張る。

「これも持っていかれるのですか」

「ああ」

兼続が当然のように頷く。

「だが、陣中ではどうしても扱いが乱雑になるのだ。ほれ、このように表紙もすぐに傷んでしまうのだが、しかたがない」

「そうでございますか」

おせんは少々擦り切れて破れかけた表紙に手を触れて言った。およそ戦をするのに似つかわしくない物のようにも思えるが、長い滞陣の間には詩作に励む時間もある。殺伐とした戦のさなかに自分の心を取り戻すためには、詩作にふけるのも大切なことであった。

「ならば、ちょうどよい大きさの箱を作って入れておけばよいではないですか」

兼続はひたとおせんを見つめた。

「そなた、賢いのう。うん、そうだ、さっそく箱を作ろう」

「箱は私が用意いたします。紐もつけましょう。そうすれば首から下げることもできます。少々重いかもしれませぬが。ご出陣のお守り代わりでございます」

兼続は満面の笑顔になった。肥前名護屋への出立の日、兼続の首には漆塗りの箱に入った韻書が下げられていた。

名護屋へ着陣した兼続は、上杉陣所の隣に景勝とは別の陣所を与えられた。秀吉の兼続懐柔作戦は相変わらず継続されているが、景勝も兼続も一向に意に介さない。

「もらえるものはもらっておけ」

景勝は眉を動かしもせずに言った。

名護屋から朝鮮へは対馬海峡を隔ててすぐそこである。今のところは西国の大名が中心になって渡海しており、上杉家はしばし待機するよう命じられた。

年が明けた文禄二年（一五九三）正月、景勝は家臣を集めて連句会を催した。名護屋での滞陣も半年以上に及び、みな望郷の念が強い。

「一体いつまでここにおるのか、のう」

「朝鮮へ渡りたいわけではないが、いたずらにここにおってもな」

「やることがないなら、越後へ帰りたいものよ」

「おぬしは子が生まれたばかりであったな」

緩みがちになる家臣の気持ちを引き締め直すのが連句会の目的でもあった。

この句会で、兼続は漢句ではなく和句を付けた。

我国と立かへるとしの霞哉　景勝
雪に鷹なくはるのとお山　兼続

「珍しいのう。どういう心境じゃ」

景勝が問う。漢詩を得意とし、これまで句会で和句など付けたことのない兼続である。

「朝鮮、明国のことを考えておりましたら、古の阿倍仲麻呂のことが思い出されたのです」

兼続は少し照れて言った。

「この海峡を越えてあちらから故郷へ戻ることが叶わなかった仲麻呂の心に思いを馳せておりました。ま、我らは渡海すらしてはおりませぬが」


天の原ふりさけみれば春日なる三笠の山にいでし月かも　阿倍仲麻呂

遣唐使として唐に渡ったままついに日本へ戻ることのなかった阿倍仲麻呂が故郷を懐かしんだのと同じように、兼続は越後の山並みに思いを馳せたのであった。

上杉軍に渡海の命が下ったのは六月のことである。任務は撤退する日本兵を収容するための城、熊川（ウンチョン）城の修築であった。秀吉の名代として小鷹丸以下七隻の船で朝鮮へ渡る。上杉軍は直接戦闘には参加しなかったものの、慣れない風土に病を得るものが続出した。二か月ほどで城の普請を終えた上杉軍は九月、帰国した。

京の屋敷へ戻った兼続を、おせんが出迎えた。

「ご無事のお戻り、何よりでございました」

久々に見るおせんは、変わらず美しい。

「びっくりするほどたくさん、書物が届いておりますよ。朝鮮で一体何をされていたのです」

おかしそうに笑うおせんをよそに、

「おお、先に着いておったか」

兼続は嬉しそうである。

朝鮮戦役にあって兼続は戦禍に消失しそうな朝鮮の古活字本を救い出し、大量に日本へ持ち帰ったのであった。他の大名はそれを見て、そんなものは田の肥やしにもならぬと笑ったが、兼続は頭の肥やしにはなりまする、と上機嫌であった。

「とりあえず書斎に入れてはみましたが、旦那様の座る場所がほとんどなくなってしまいました」

うん、うん、と頷きながら、兼続は書斎へ向かった。おせんの言う通り、書斎は本の山であった。わずかに一畳ほど空間があり、そこに文机がひとつ置かれている。兼続は満足そうに見渡すと、

「おせん、私はいつか、文庫をつくろうと思っておる。これらの本の注釈もつけて、家中の誰もが読めるようにする。武士も百姓も、大人も子供も誰でもだ。学問所もひらきたいのう。待っておれ」

長戦の疲れも見せず、嬉々として笑った。そんな兼続をおせんは子供のようだと思う。文庫の夢。学問所の夢。その夢を自分も一緒に叶えたいとおせんは思った。


文禄三年（一五九四）夏、おせんは第二子を身籠った。

上杉家は秀吉から伏見城の普請を命じられている。兼続は総構堀普請の総監として連日現場に足を運んだ。このころの兼続は国においては執政として検地、徴税、知行宛行の奉行のほか佐渡と庄内の代官を務めており、豊臣政権においては大身上杉家の取次としての職務にあった。冬には秀吉の御成りも予定されており、領国の統治だけでなく中央政界における上杉家の威信にかけても気を張る毎日

であった。文字通り、八面六臂の働きぶりである。

だがその日、普請場から戻った兼続を出迎えたおせんは、異変を感じた。

「旦那様、お顔の色が大分悪いようですが、お加減が悪いのではありませんか」

足元がふらついているようでもある。

「さすがに少し疲れたようだ」

「すぐにお床を延べましょう。お食事はどうなさいます」

「ああ」

兼続は曖昧に答えた。おせんが床を敷いて部屋へ戻ると、その場に兼続が倒れている。

「旦那様！」

おせんは身重なのも忘れて駆け寄り、兼続の体を揺さぶった。ひどい熱である。すぐに医者を呼んだ。

「過労でありましょうが、あちこち炎症も起こされているようですな。大分無理をされたのではなかろうか」

脈を取り、触診を終えてから医者が言った。

「しばしの静養が必要です。今は胃の腑も弱っているだろうから、重湯などの食事がよいでしょう。薬は日に一度、煎じて飲みなされ」

医者が帰ると、おせんは与板衆志駄源四郎義秀を呼んだ。

「急ぎ御屋形様へ、状況をお伝えせよ。旦那様はしばらく休養なさると申し上げるのじゃ」

義秀に指示を与え、寝室へ戻ると兼続が目を覚ました。

「しばらく休養が必要だと医者が申しておりました。働きすぎなのでございます。この暑さも、体にこたえたのでございましょう」

越後で生まれ育った者には京の夏の暑さは酷である。じっとりと湿った空気が体にまとわりつくと、それだけで消耗してしまう。これにはいつまでたっても体が馴染まなかった。

「そう休んではかりもいられぬ。普請は今が大事の時だ。それに、殿にもご不便がかかろう」

「御屋形様には源四郎を遣いに出しました。ここはしっかりとお休みなされませ」

おせんに睨まれ、兼続は力なく笑って目を閉じた。

顔の広い兼続のことである。寝込んでいることを聞いた見舞客がひっきりなしに訪れる。しかし、今日やって来た客はかなり変わった人物であった。

「山城守が伏せっていると聞き申してな。滋養にと、高麗人参を持ってまいった」

どこで手に入れたのだか、袂から乾燥した人参を引っ掴んで出して見せた大柄なその武者は、年のころ六十といったところだろうか。この暑いのに深紅の陣羽織のようなものを羽織り、山伏のような首飾りをぶら下げている。京の暮らしが長いおせんでも、このような出で立ちの者を見かけたことはあまりない。

「前田慶次郎利益（とします）と申す。山城守がおらぬと句会がつまらぬのだ」

対応に出たおせんであるが、初対面のこの男の規格外の様子に面白みを感じた。変な客が来ているというのを聞きつけて、おまつが襖の陰からのぞいている。その後ろに、キヨの姿も見え隠れしている。

「おお、これは姫御か。ちとこちらへ参れ。怖がらなくてもよい。わしはお父上の友達じゃ」

人の家へ来て、遠慮も何もない、偉そうな態度である。

「なるほど、父上、母上に似て、別嬪よの」

おまつを早速手なずけた様子である。おまつは慶次郎の前に座り、首飾りを珍しそうに眺めている。

「今度来るときは、そなたにも土産を持ってこよう」

その夜、兼続の枕元でおせんは昼間の様子を語った。

「ほんに、慶次郎殿とは愉快なお方でございますね。おまつもすっかりなついたようでございます」

「叔父御の前田中納言殿に、真冬に水風呂を馳走したと聞く」

「まことにございますか」

「本人がそう言っておるのだから、間違いはなかろう。金沢で真冬に水風呂だ」

「まあ」

「その上、中納言殿の乗ってきた名馬で逃亡したらしい」

想像してみると、笑みが込み上げてくる。

「あれでなかなかの風流人なのだ。源氏物語や伊勢物語への造詣は一流でな。並外れた教養の持ち主だ」

「あなた様がそのように仰せになるとは、大したお方なのですね」

文化人としての兼続にとっては、慶次郎は欠くことのできない存在である。日々の忙しさの中で、慶次郎との語らいは心安らぐ一時でもあった。

兼続はしばらくは自邸で政務をとっていたが、秋が深まるころには回復し元の生活に戻った。

その日、兼続は公家の四辻公遠（よつつじきんとう）の邸宅へ招かれた。公遠とは連句会などで時折顔を合わせる仲であったが、それほど親しいというわけでもなかった。しかし近ごろ公遠が病を患い句会を欠席することが多くなっていたので、見舞いの品を贈っていたのである。その公遠から茶の湯のもてなしをしたいと申し出があった。

兼続を出迎えた公遠はやつれた感はあるものの自ら茶を点て、もてなした。

「この度は結構なお見舞いをいただき、おおきにありがとうございました」

「もう具合はよろしいのですか」

兼続は京楽の茶碗を公遠に返してから言った。公遠はそれには答えず、釜の湯で茶碗をすすぐと兼続の方へ向き直った。

「今日お越しいただいたのは、麿の一人娘のことでなのや」

わざわざ呼びつけるのであるから、何かしらの話があるのだろうと思っていた兼続だったが、娘のことと聞いても心当たりがなく公遠の顔を見つめた。

「八つになる娘がおるのや。これ、こちらへ」

公遠は襖の向こうへ声をかけた。入ってきたのは公家の娘らしいおっとりした面立ちの少女である。

「実は麿はもう、そう長くは生きられぬのです。医者にそう言われましてなあ。まあ、それは仕方ないと思うても、気にかかるのはこの娘の行く末。どうやろ、越後中納言の側室にしてもらわれへんやろか」

　唐突な申し出にさすがの兼続も返す言葉がすぐには見つからない。

「なぜ当家なのでございましょう」

「それはあんた、娘の幸せを思えば律儀者と知れた上杉中納言と娶せるのが一番や。それに御正室との間には未だ子がおらんと聞いてます。すぐにとは言いません。そうや、一旦山城守の養女にした上で、頃合いを見計らって側室に上げてもらわれへんやろか」

　兼続は考えた。全くない話ではない。上杉の跡継ぎのことは考えなければならないことであった。しかし菊姫のことを思うと、すぐに側室をというわけにはいかないことも事実であった。まだ八つのこの公家の娘を直江家の養女として数年養育し、上杉の家風に馴染んだところで側室に上げる。それならば菊姫も心の準備というものができよう。公遠の父は武田信玄との交友が深く、何度も甲斐を訪れていたという。そんな父の話を聞いて育った公遠は、菊姫が嫁いだ上杉へも親近感を持っていたのかもしれない。

　話を持ち帰った兼続は早速おせんに相談した。

「では、奥方様には私からお話ししてみましょう」

「ありがたい。殿には明日にでも伝える」

「そうなると、我が家にも娘が一人増えるということですね」

「そなたにも、世話をかけることになるが」

「お任せください。家族が増えるのはよいことでございます」

側室を嫌う菊姫をおせんは時間をかけてゆっくりと説得した。

「悪いようにはいたしませぬ。娘御はまだ八つ。私の手元でしばし育てて後のことにございます。それまでに奥方様にお子ができるようであれば、また別の所への縁談も考えられましょう」

家の継承を巡って二度と悲しい争いを起こしたくない。そのためには今のうちからしっかりとした布石を打っておきたかった。おせんの真摯に家を思う気持ちに心動かされた菊姫は、四辻氏の娘を受け入れることに同意した。娘は直江家の養女となり、おまん御料人と呼ばれ育てられた。


星が澄んだ輝きを放ち、底冷えのする夜のことである。

眠っていた兼続は、かすかに自分を呼ぶ声に目を覚ました。誰かが肩を揺すっている。

「……旦那様」

隣で寝ているおせんであった。

「どうした」

「キヨを呼んでくださいまし」

兼続は跳ね起きた。

「生まれるのか」

おせんは頷いた。

「待っておれ!」

兼続は廊下へ走り出ると、キヨを呼びに行った。蠟燭に火をともし、急いで部屋へ戻る。

「すぐに支度をしてこちらへ参ると言っておる」

兼続の言葉におせんは頷いた。

「今、何どきでございましょう」

「間もなく卯の刻だ。もうすぐ夜が明ける」

「お休みのところを起こしてしまい、すみませんでした」

「何を言っておる。それに、もう起きねばならぬ時刻であったわ」

おせんは目を閉じた。大きく息を吸ってゆっくり吐き出す。十年ぶりのお産である。前の時の記憶を辿るようにしながら痛みを逃がす。

「痛むのか」

兼続は声をかけた。静かに陣痛に耐えるおせんの姿が健気である。辛そうなおせんを見つめながら、隣に座っていることしかできない男の無力さをひしひしと感じる。少しして痛みが引いたのか、おせんが目を開いた。

「いかがなされました」

食い入るような面持ちで自分をのぞき込んでいる兼続におせんが尋ねる。

「そなたを見守っているのだ」

おせんは笑った。

「そんなに見つめていても、すぐには生まれませぬ。早くとも半日はかかりましょう」

「そんなにかかるのか」

「今日中に生まれるとも限りませぬ」

「そうか」

兼続は神妙な顔つきで座っていたが、突然何かを思いついたように立ち上がると自分の使っていた布団を畳み始めた。畳んだ布団を部屋のすみに運ぶと、戻ってきてまたもとの位置に座った。その様子を少し驚いて眺めていたおせんはおかしそうに口元を歪めて言った。

「どうなさったのです」

「布団を畳んだのだ」

それは見ればわかる。明らかに挙動がおかしい兼続に笑いをこらえながらおせんは言った。

「旦那様、少し落ち着いてくださいませ。子を産むのは私でございます」

そうしているうちにキヨがやって来た。

「お方様、どのような具合でございましょう。動けるようでしたら、中の間にお移りいただきとうございます。あちらの方が勝手に近いので、都合がよいのです」

「そうしましょう。でも、少し待って。これが過ぎるまで」

身を起こそうとして、再び痛みが戻ってきたのをおせんは目を閉じてやり過ごす。こらえた吐息が切ない。

「破水したかもしれぬ。少しだけれど」

「そうでございますか。では改めさせていただきます」

そう言っておせんの布団に手をかけたキヨははたと兼続の存在に気づいて言った。

「旦那様、あちらへ行っていていただけませんでしょうか」

「あっ、すまぬ」

兼続は慌てて部屋を出た。空が白々と明け始めていた。侍女たちがばたばたと動き回っている。

着替えをすませ、景勝におせんが産気づいたと知らせると今日は出仕せずともよいと屋敷へ帰された。しかし屋敷にいる方が落ち着かない。普段通り出仕していた方がましな気がする。戦におもむく時の方がよほど心が静かであった。本を読んでいても身が入らない。詩作などはもってほのかである。廊下に出ては中の間の様子を窺ってみたりもしたが、出入りする侍女たちの邪魔になっただけであった。ここは日ごろの景勝の落ち着きぶりを見習って刀剣の手入れでもしてみようかと思ったが、脇差をちょろっと拭いただけでやめてしまった。そうこうしているうちに昼過ぎになってようやく、

「生まれました。元気な若君でございます」

侍女が伝えに来た。

「そうか。男子であったか！」

兼続はおせんのもとへ走った。

「よくやった、おせん」

兼続はおせんの手を握った。無事出産を終えた充足感で、おせんは穏やかな表情をしている。キヨから生まれたばかりの赤子を渡され、兼続はぎこちなく抱いてみる。

「可愛いものだ。何とも頼りない。元気に育てよ」

おせんのうるんだ瞳が幸せそうに兼続を見つめていた。待望の男子は竹松と名付けられた。おせん

は産後の肥立ちもよく、床上げをすませるとすぐに元通りの暮らしが戻った。

## 変転

文禄四年（一五九五）七月、関白豊臣秀次が謀叛の疑いにより切腹した。秀吉はさらに、秀次の妻妾、子供まで悉く打ち首にすることで秀次の係累を根絶やしとした。景勝は四月に一旦越後へ戻ったばかりであったが、知らせを受け急ぎ上洛した。

「それにしても、太閤も老いたものよの。聚楽第まで取り壊すそうじゃ」

秀吉に謁見した後、屋敷へ戻ってくると景勝は言った。

「日の本全体を見渡す力はもう残っていないようじゃ。己の血を残すことばかりに専心しておる」

兼続も同感である。

「それに、急に老けたようなあのご様子。病と心労が重なっておるのでしょう」

「あれではそう長くは持つまい」

先のことを考えておかねばならないと兼続は思った。家督の継承の大事については、身をもって知っている景勝と兼続である。秀吉の死後、この国を戦乱の世に戻すことだけはしてはならなかった。豊臣政権を支えて世の安寧を図る、この上杉の「義」については今も変わることはない。

「先ごろ下国されたばかりで、またご上洛とはお忙しいことでございますな。されど、ようお越しになられました。お待ちしておったのじゃ」

久々に訪れた妙心寺で兼続は南化玄興のもてなしを受けた。

「直江様にお見せしたいものがありましてな」

奥の間へ案内された兼続は、南化玄興が指し示した本の山を見て息を呑んだ。

「これは……！」

「宋版の三史じゃ」

宋代に大陸で出版された『漢書』『後漢書』『史記』の三史は、既に本国には善本が残されていないとも聞く貴重書であり、妙心寺の秘宝である。

「和尚様、これはすぐにでも写させていただきたい」

南化玄興は興奮に顔を上気させている兼続をしばらく見つめていたが、やがて言った。

「そう言われると思っておりました。でもその必要はござらぬ。これをこのまま差し上げましょう」

兼続は仰天した。

「何と。これを全て私に、でございますか」

「今や五山の学問にはかつてのような権威はありませぬ。これらの書物の真価がわかる者も減る一方じゃ。このままではいずれ、これらの貴重書も失われてしまいかねないと危惧しておったのだが、直江様に引き取ってもらえればこれ以上のことはない。直江様なら必ずやこれらを後世へ残してくださいましょう」

「それほどまでに私を信用していただけるとは。恐悦にございます。これは我が国の永代の宝として預からせていただきます」

兼続は大喜びで本を抱えて帰った。文庫を作ることは兼続の夢である。それが三史を託された今、必ずやらねばならぬ使命となった。これら三史と朝鮮から持ち帰ったものを中心にして文庫を創設する。屋敷に戻った兼続は早速目録作りを始めた。

聚楽第に代わる政庁としての機能を果たす伏見城は十一月に完成した。九月から普請に当たっていた上杉の伏見屋敷もほどなく完成し、一条戻り橋からの引っ越しも年の暮れまでには終えた。

それから間もないことである。慶長元年（一五九六）閏七月、畿内を地震が襲った。深夜の突き上げるような揺れにおせんは飛び起きた。そばで休んでいた兼続も身を起こし、庇うようにおせんを抱きかかえた。

「私は大丈夫でございます。それよりも、子供たちが」

暗がりで子らの名を呼ぶ。

「そなたは子供たちの様子を見てまいれ。私は殿の所へ行く」

揺れが収まった隙におせんは子供部屋へ駆けつけた。

「母様、こわい」

すがりついてくるのはおまつである。

「キヨ、子らを屋敷の外へ連れていきなさい。私は奥方様の様子を見てきます」

手探りで屋敷の奥へ進んでいくと菊姫が侍女たちを外へ逃がす声がする。

「奥方様、御無事でございますか」

「おせんか。私は大丈夫。さあ、私たちも外へ出ましょう」

おせんと菊姫が手を取り合って外へ出ると、兼続も景勝と共に出てきた。

「誰も逃げ遅れた者はおらぬか」

崩れた門の外で確認し、みなでひとかたまりになって夜を過ごす。兼続は千坂景親に命じ、周囲の様子の確認に向かわせた。

夜が明けて、被害の状況がわかってきた。上杉邸は門や楼などが倒れるなどしたが、幸い怪我人はなかった。しかし伏見城は天守閣が崩壊し、城内では多数の死者が出た模様である。秀吉はなんとか無事で、木幡山の仮小屋へ避難しているということであった。兼続は急ぎ秀吉のもとへ出かけ、伏見城の状況を確かめてから屋敷へ戻った。

揺れが続いてはいるが、おせんは女たちを指揮して屋敷の片づけを始めた。

「旦那様、竹松の面倒を見ていてくださいまし。男手の欲しいときはお呼びしますから来てくださいね」

おせんは城から帰ったばかりの兼続の胸に竹松を抱かせると屋敷の中へ戻っていった。兼続は竹松を抱いたまま景勝の姿を探した。景勝は家臣達が倒れた楼の解体作業を進めているのを監督していた。

「屋敷自体には大きな損傷はないようです。家中みな無事で何よりでございました」

兼続の言葉に景勝も頷いた。

「ですがこの様子では木材や漆喰など、畿内では価格が高騰するやもしれませぬ。門と楼の修築用に越後より急ぎ運ばせるよう手配します」

景勝は頷く。

「伏見城が倒壊したということは、また大掛かりな普請の賦役を言いつけられること、覚悟せねばなりませぬ」

兼続の思った通り、秀吉は倒壊した伏見城から半里ほど離れた木幡山に新たに城を建て直した。翌年早々には兼続は舟入総奉行に任じられ、四千人の人足を越後より動員して船着き場の普請に当たった。相当の出費ではあるが、一方で明との講和が破綻したことにより西国の大名が再び朝鮮出兵に駆り出されていることを考えれば、まだましである。

秋が深まるころ、兼続は内々に石田三成に呼ばれた。

「今日おぬしを呼んだのは、会津の仕置きのことでだ」

石田三成は兼続と同じ年の生まれである。若くして主秀吉の右腕として引き立てられ辣腕を振るうのは、兼続の経歴とも似ていた。

「上杉家に会津へ入ってもらえぬか」

会津は伊達、徳川の抑えとして豊臣政権には重要な拠点である。北条征伐後の奥羽仕置きの中で蒲生氏郷が統治をしていたが、その氏郷が急死した。その後を嫡男が継いでいたが、年若いこともあって家中を治めきれずにいたのである。

「伊達、徳川に睨みを効かせられるのは上杉しかない」

三成が暗に秀吉死後のことを見据えて言っているのを兼続は理解した。

「事情はわかった。しかしこればかりは私の一存では決められぬ。一旦持ち帰らせてもらう」

そう言ってその場を辞すと、兼続は景勝のもとへ向かった。

「そうは言いますが、太閤の目論見はそれだけではありますまい。国替えによって我らの力を削ぐことも狙いでしょう」

「断ればどうなる」

「断り方にもよりましょうが……。しかし考えようによってはこの国替え、上杉にとっても悪いことばかりではないかもしれませぬ」

故郷を離れることは心情的には辛いことであり経済的負担もかなりのものであるが、悪いことばかりでもない。謙信の死後内乱を経て中央集権的な領国支配を進めている景勝であるが、いまだ国衆の発言権は強く統制しにくいのが実情であった。この機に国衆をその土地から切り離すことができれば、景勝への集権を強めることができる。いわば、秀吉が天下で行おうとしている政をそのまま上杉家の中にも落とし込むということであった。この先秀吉がいつまで生きながらえるかはわからないが、その後に予想される政治的混乱や空白に備えて強固なまとまりのある家を作っておくことは必須であった。

「やってみるか」

景勝は言った。

三成に内諾の返事をした後屋敷へ戻った兼続は、忍びを呼んだ。

会津の状況を調べよ。蒲生氏の領国支配がどのようなものであったか、また百姓、農民がどの程度残り、年貢をどれほど徴収できるかを調査して報告せよ。

上杉にとって、これまで経験したことのない国替えである。行った先での大混乱は避けたかった。準備は周到に行わなければならない。

兼続は東国の絵図を見ながら考える。新領は会津若松を中心とした百二十万石の大国ではあるが、そのうちの佐渡、庄内は飛び地になっている。この支配を滞りなく行うためには道を作らねばならぬ。置賜（おきたま）から庄内までの道のりの北東は最上領、西は堀領となる。これらの国を経由せずに通れる道がなくては円滑な支配ができないばかりでなく、有事の際に分断され孤立する。

兼続は再び忍びを呼んだ。

「朝日連峰の峰を伝い、途中麓に降りることなく馬が通れる道を作る。最適な道筋を探ってきてくれ」

兼続は絵図を指し示した。


会津への国替えは、年明け早々に正式に命令が下された。その折、秀吉は会津百二十万石のうち米沢三十万石を兼続に与えよと注文を付けた。これにはさすがの兼続も苦笑するしかない。三十万石といえば徳川、毛利、前田、上杉、島津、宇喜多、佐竹、伊達などに次ぐ大大名の格である。

「太閤にそこまで惚れこまれるとはのう。だが、わしはそなたに三十万やっても別に構わぬぞ」

景勝は言った。景勝としても秀吉がそうまでして欲しがる男を腹心としていることが誇らしくもある。兼続は笑って首を振った。

「そんなに必要はありませぬ。せいぜい六万石もあれば十分にございます。されど、太閤様には私が三十万石もらったと思わせておきましょう。自分の指図通りになっていると思っていれば、太閤様もご機嫌よくあらせられましょう」

百二十万石への加増にあわせ、領国仕置きのための新たな家臣の雇い入れが必要となった。兼続は多方面からの人脈を伝って牢人を集め、組外衆（くみほか）として配下に組織した。上杉家が人材を募集していると聞きつけて、自らを売り込みに来る者たちも多くいる。

「上杉中納言様にお目にかかりたい」

ふらりとやって来たのは前田慶次郎である。今日も紫色の長い羽織を着て、奇抜な出で立ちである。慶次郎は景勝の前へ出ると泥のついた大根を盛った笊を差し出した。

「この度、上杉家が人材を集めていると聞き、参上いたしました。前田慶次郎利益と申します。拙者、上杉家に御奉公いたしたい。会津へ御供させてくだされ」

景勝は胡散臭そうに慶次郎を眺めていたが、やがて口を開いた。

「で、その大根は何じゃ」

「士官の手土産にござる。このように泥だらけの大根でも、食ってみれば旨いものじゃ。拙者もこの大根と同じ。よい味を出しまするぞ」

大名も畏れず何とも人を食った物言いである。年配者であるが故の厚かましさもあるのだろう。ただその人となりに景勝は憎めないものを感じた。

「よかろう。せいぜい励めよ」

陰で様子をうかがっていた兼続は胸をなでおろした。景勝にはあえて慶次郎のことは伝えていなかった。景勝が慶次郎をどう判断するのか、知りたかったからである。

忍びの持ち帰った会津の絵地図などを見ながら、新城の築城が必要かもしれぬ、と兼続は思った。実際に行ってみなければわからないが、南東にある小田山と城との距離が近すぎるような気がする。この城が蘆名氏によって建てられたころは弓の時代であった。しかし今は鉄砲の時代である。弓の射程半町に対し、改良が進む鉄砲の射程は平均で三町、大筒であれば四、五町から長いものでは七町に達するものもあった。今後その飛距離はますます伸びるであろう。この山の上から石火矢(いしびや)を撃ち込まれれば、城下もろとも城は焼け落ちる。もっと開けた場所に新たに城を作ったほうがよい。城下には百二十万石の家臣の屋敷を収容できる広さがなければならぬ……。地図を眺める兼続の目が城の北西、神指原(こうざしはら)で留まった。

「よいであろう。そこであれば、阿賀川の水運も利用できる」

景勝は兼続に言った。

「城は輪郭式を取り入れたいと思います。もっとも実際に会津へ行って現地を見てからのことでございますが」

朝鮮出兵での熊川城築城や、名護屋城への往復の折に見た広島城、姫路城、また伏見城の築城などにより兼続の築城についての知識や技術は最新のものとなっている。

「任せる」

「それからもうひとつ。越後の年貢米は今年の分はすべて徴収し会津へ持っていきます。会津の状況を調べさせましたところ、蒲生氏も今年の年貢を徴収していく様子。そうであれば、こちらもそれなりに準備をしていかねば国を経営することはできませぬ。それから、検地帳に名のある農民でもこれまでに役務に応じたことのあるものについては連れてまいります」

「あいわかった」

想定しうる様々な課題に対応すべく、兼続は準備を進めた。

上杉家の会津転封に伴い、おせんも伏見屋敷を引き上げ、おまつと竹松を連れて米沢へ移ることとなった。

「おまん様は奥方様のおそばに残してはいかがでしょう」

おせんの言葉に兼続も同意した。上杉家の室となる上で、菊姫から学ぶことは多い。それだけでなくおまんの持つ四辻氏の人脈は、上杉の外交において重要なものであった。

「それから私共のことですが、春日山と与板に立ち寄ってから参りたいのです」

おせんの願いに兼続は頷いた。故郷を子供たちにも見せてやりたかった。

「上杉に代わって越後に入る堀家は四月に入部すると聞いている。三月中であれば問題ないであろう。一応石田殿に伝えておく」

おせんが部屋を出ていってから、兼続はしばらく考えるように腕を組んでいたが、ほどなく与板衆志駄義秀を呼んだ。

「ご家老、お呼びでございますか」

「ああ、少しばかり頼みがあってな。そなた、与板へ行ってはくれぬか。城に杉の木を植えてきてほしいのだ」

　与板城主とはいえ、春日山と京にばかり詰め、ほとんど在城しなかった兼続である。しかし与板衆という直臣を得、思い入れのある土地であった。それに、おせんの故郷でもある。

「越後回りで米沢に入るおせんに同行して、植えてきてくれ。越後を離れるにしても、我らがそこにいたという証を残しておきたくてな。上杉の、杉だ」

　義秀にとっても与板は愛着のある場所である。春日山でも上田庄でもなく、与板に杉を植えたいという兼続の言葉に義秀は胸を熱くした。

　二月、兼続は数名の吏僚を従えて会津へ入った。石田三成から城の引き渡しを受けるためである。三成はこれに先立って蒲生氏から城を預かっていた。若松城下には数名の番卒が残っているだけである。三成から城を受け取ると兼続は供を連れ早速城下と周辺の地形を見て回った。雪を頂く磐梯山（ばんだいさん）を背景に悠然と構える若松城は平城である。山城に慣れた越後の者にとってはいささか裸城のようで心もとない。しかしそれは気持ちだけの問題ではなかった。

「やはりこの城は使えぬ」

　兼続は思った。これまでであれば問題なかったであろうが、今後の鉄砲の射程距離を考えると別の場所に新たに城を作ったほうがよい。兼続はそのまま神指原まで行くと馬を降り丹念に土地の形状を視察して回った。欅（けやき）の大樹が立っている。

「これは立派な大木であるな。樹齢はどのくらいであろうか」

　兼続は感心して眺めた。幹の太さは大人の男が三人で抱えるほどである。兼続はこの欅と北極星を目当てに城の縄張りを考えることにした。

本格的な移住が始まると兼続がまず指示したのは、飛び地となっている庄内と米沢を結ぶ庄内新道の整備である。忍びが持ち帰った報告をもとに、真っ先に普請に取り掛かった。ただし、極秘に行う普請である。峻険な山々が連なる朝日連峰の峰を、全長約十六里にわたり開削することとなった。その一方で神指原の城の設計図も描き始めている。会津百二十万石にふさわしい居城、最新式の城郭を考えている。

越後の雪解けを待って、おせんは子らと共に故郷へ帰った。菊姫に付き従って上洛してからはや十四年になる。だが故郷の景色は昔のままだった。懐かしさで胸がいっぱいになる。おせんは目を閉じた。ぴんと張るような空気の冷たさ、雪解け水の流れる音、森の匂い。自分の体が越後の自然の一部であるかのように溶け込んでいくのを感じた。そんな風に感傷に浸るおせんの隣で、初めての旅に心浮き立つおまつは明るい。

「すごいなあ。こんな大きなお山をそのままお城にしてしまうなんて」

「このお城をここまで大きくしたのは謙信公です。あなたのおじい様もこのあたりの改修に汗を流されていました。お父様もね」

「お父様も」

「そう。あのころはそうですね、ちょうどあなたと同じくらいの年ごろだったと思いますよ。一日中普請場で働いて、夕方になるとこの道を戻ってこられました。直江屋敷の方からきて、向こうの中城へ帰られるのです」

見晴らし台に立つおせんのそばへおまつが来て言った。

「お母様、これは何というお花？」

おまつは足元にたくさん咲いている赤紫色の花を指して聞いた。

「片栗ですよ。可愛らしいお花でしょう。母はこの花が好きです」

おまつはしゃがみこんで片栗の花を触っていたが、やがて立ち上がると周囲を見回して言った。

「よいところですね。海も山もいっぺんに見える」

見晴らし台から覗き込むようにして城下を眺めるおまつの姿に、月日の流れの速さを感じる。

「よいところです。ここから、父と母はよく一緒に城下を眺めたものです」

「米沢もよいところだといいな」

「そうですね。よいところだといいですね」

おまつの若々しい好奇心におせんは救われる思いだった。


春日山と与板でそれぞれ数日を過ごしてから、おせんは米沢へ入った。

会津に詰めている兼続の代わりに、商人や農民たちからの挨拶を受けるのはおせんの役目である。

「お方様、若狭屋と申すものがお目通りを願っております」

キヨに告げられ主殿へおもむくと、年かさの商人が平伏していた。

「此度は会津百二十万石への大加増、おめでとうございます。お祝いを兼ねまして、本日は京の職人に特別に作らせた反物をお持ちいたしました。奥方様は長く京に住まわれ、お目が高いとは存じますが、それでもこのような品はご覧になったことはないのでは」

そう言って若狭屋は得意げに反物を広げて見せた。藤色の淡い地に細かな刺繍が施された、美しい反物である。

「まあ、これは見事な」

おせんの横からキヨも覗き込んで思わずため息をつく。

「美しゅうございますね、お方様」

「上杉家執政、直江の奥方様であれば、このくらいのものはお召しになられましょう。此度はお祝いということで、特別にお安くさせていただきます」

若狭屋は愛想のよい笑みを浮かべている。それに微笑み返しながら、おせんは言った。

「確かによい品と見えました。ですが、このような品は、上杉家の家風には合いませぬ。我が夫は日ごろより、着物は清潔であり、着るに足ればそれでよいと申しております。私もそれで十分だと思っています。今後はもっと、質素なものをお持ちなされ。今日はこのようなものを見せてもらい、目の保養となりました」

おせんは兼続の代理として米沢の家臣や領民の生活を取り仕切った。もめごとや訴えがあればすぐに会津の兼続へ使者を立てる。兼続の判断はいつも公平、的確で、その裁定にはみなが納得して従った。

「旦那に任せておけば、何事も安心じゃ」

「その通り。旦那の言うことには理があるのだ」

おせんに倣って、家臣のみならず領民たちも兼続のことを親しみを込めて旦那と呼ぶようになった。

会津の兼続は領国整備のため忙しい日々を送っている。各地の検地の結果、境目の城の普請の進み具合、神指原の新城の縄張り図や町割りなどの書類を次々と処理していく。そこへ近習がやって来た。

「ご家老、遠侍でもめ事でございます」

「何」

兼続はすぐに腰を浮かせた。かつて毛利秀広が乱心した春日山城中での刃傷沙汰の光景が頭をよぎる。急いで遠侍に向かうと、数名の家臣が険悪な面持ちで慶次郎を取り巻いていた。当の慶次郎はどこ吹く風の様子で、懐にしまってあった煎り豆をかじっている。

「一体どうしたのだ」

「旦那」

一同は一様に兼続に頭を下げた。

もめ事というのは、慶次郎の朱柄の槍を巡ってのことであった。上杉家では従来、武功に優れ戦場で功名のあったものが朱槍の使用を許される習わしになっていた。たまたま新参者の慶次郎が朱槍を持っているのを、見とがめた者たちと口論になったという。

「あれはわしが昔から使っているものじゃ。手によくなじんでおるゆえ、他のものに替えることなどできぬわ」

慶次郎はうるさい蠅でも追い払うかのように手を振った。

「先ほどからそなたの態度、無礼であろう」

一触即発の権幕である。

「待て」

兼続は割って入った。

「話はわかった。では、そなたらのうち、我こそは上杉の朱槍に相応しいと思う者は名乗り出よ。私が御屋形様に取次ごう」

早速名乗りをあげた水野藤兵衛、藤田盛右衛門、韮塚理右衛門、宇佐美弥五左衛門は翌日、兼続に引き連れられ景勝のもとへ参上した。景勝には昨夜のうちに話を通してある。

「そなたらには、朱槍を遣わす。励めよ」

景勝の許しを得て、四人の者たちは意気高く帰っていった。

八月、秀吉が死んだ。会津にその知らせが届いたのは九月になってからである。移封後三年は領国整備に専念してよいという秀吉の意向であったが、こうなっては仕方なく、景勝は先に兼続を京へ向かわせた。景勝自身も留守中の仕置きをすませると後を追った。

上方では秀吉の死を公にしないまま、朝鮮へ渡っている諸軍に撤退を指示していた。益なくして帰国した渡海組の諸将は憤懣やるかたなく、その不満は奉行の石田三成に向かって吐き出された。朝鮮出兵の一連の軍事行動において、その兵站を全て三成が一人で取り仕切り戦線を支えていたことなど顧みられることはなかった。

「ご家老、堀家より使者が参られてございます」

伏見屋敷の兼続に近習が知らせに来た。

堀家は元越前の大名であったが、上杉が去った後の越後に入部している。上杉が出たあと一旦豊臣家の預かりとなったものを、夏になってから受け渡しが行われたとは聞いていた。

「堀家？　一体何用だ」

言いながら兼続は主殿へ向かった。使者が持参した堀監物からの書状を読んで、兼続は使者に渋い顔を向けた。

「我らが越後を出てからご当家が入られるまで、それなりに時間はあったはず。その間堀殿は一体何をなされていたのであろうかの」

書状の内容と使者の説明によると、この四月、堀氏は越後へ入ったが、農民から前年分の年貢はすべて上杉に支払いずみだと供出を拒まれた、また八月になってから検地をしてみると田畑も耕作者がおらず多くが放棄されて荒れ地となっており今秋の収穫も見込めないことかわかった。そこで上杉が持ち去った年貢の返還を求めるということであった。

「田植えのころに一度でも見に行っておれば自明のことであったであろう」

兼続は憐れむように使者を眺めて言った。

「年貢を返すことはできぬ。我らも新しい領国の整備のため、余裕があるわけでないのだ」

「しかし、それでは我らはどうすればよいのでございますか」

使者は恨めしそうに言う。

「それはそなたの主、堀殿が考えることであろう。入部の前に現地を確かめ、対策を取らなかったのがそもそもの間違いだったのではないのか。だがのう……」

兼続はうんざりして言った。

「明日の米にも困るというのであれば、貸すことくらいはしよう。先にも言った通り、我らもゆとりがあるわけではない。借米として利子は支払ってもらう。これでどうだ」

兼続の申し出に使者はひたすら頭を下げ引き取っていった。

秀吉の死後揺れる豊臣政権は、徳川、前田、毛利、宇喜多、上杉の筆頭五家老と増田、浅野、石田、長束、前田玄以ら五奉行により微妙な政治的均衡を保っていたが、翌年三月、前田利家が病死すると一気に体勢が崩れた。筆頭五家のうち、前田家と、お家騒動で不安定になった宇喜多家が弱小化したため、近ごろは徳川対石田・毛利の構図となり、互いに自陣営への大名の取り込みに精を出している。

上杉は一歩引いた立ち位置で中立を保っているが、そんな折、朝鮮からの帰国後不満を溜めていた黒田長政、加藤清正ら七将の抗議が頂点に達した。標的になった石田三成は伏見の自邸に引きこもり対抗しようとしたが、騒ぎは訴訟に発展した。筆頭五家の役目として徳川家康は七将側の聞き取りを行い、景勝は毛利輝元と共に石田三成の対応に当たったが、最終的には家康の裁定により三成を居城佐和山へ逼塞させることが決まった。

「五家筆頭として、内府が沙汰をくだされたのだ」

景勝は苦い顔をしている。兼続もしかりである。

「だが、治部（三成）を蟄居させる代わりに、治部の息子を秀頼様に奉公させるそうじゃ」

家康のやりそうな、巧みな駆け引きだと兼続は思った。

妙心寺から南化玄興の遣いが来ている。頼んでおいた『文鑑』が完成したという知らせである。以前から兼続は漢文を記す際の助字や文法などの手本を探していたが、それを知った南化玄興が、自らが学んだことを整理して本にまとめようと言ってくれていたのである。兼続は早速妙心寺を訪れた。

「我が学問の師は南禅寺の鉄叟(てつそう)和尚であるが、その鉄叟和尚は月舟(げつしゅう)和尚に学んだと聞いております。助字については策彦(さくげん)和尚の秘本からの引用。ま、これで一通りのことはわかりましょう」

鉄叟、月舟、策彦共に五山の名僧である。そこから受け継がれた学問を惜しみなく引き継ごうとする南化玄興に兼続は心が震えた。

「和尚様、お手を煩わせました。ありがとうございます」

この一冊に和尚はどれだけの時間と労力を費やしたことであろう。兼続は手にした『文鑑』を押し戴いた後、早速本を開いた。世界にたったひとつ、自分のために作られた本である。

「それにしても、このところ何やらきな臭い世情のようじゃの」

南化玄興は言った。

「和尚様の耳にも入っておりますか」

「あまり関わりたくはないが、最低限必要な情報だけは仕入れておかねば、うまく身をかわすこともできぬと思ってな」

「和尚様」

兼続は居ずまいを正して南化玄興に向かった。

「ご存じの通り、私は京と領国会津とを行き来する身、京で万一のことがあった時そこに居合わせるかどうかはわかりません。私が不在の間、菊御料人の周りに何かあった時には、気にかけていただけないでしょうか」

「拙僧は武田氏とは切っても切れない縁がございますからな。菊姫様も信玄公、勝頼公の菩提を弔われるのでよくこちらに参られる。初めてお目にかかったのは甲斐の恵林寺におったころでな。そのころはまだちいさな姫君であった」

和尚は遠い目をした。信長が僧侶もろとも恵林寺を焼いた時のことを思い出したのかもしれない。勝頼父子が自刃した際、その首を信長に頼み込んでもらい受け、供養したのも南化玄興であった。

「お引き受けしましょう。甲斐の昔語りなどもできれば、お心も安かろう」

「ありがとうございます。そう言っていただければこれ以上の安心はござらぬ。留守居の千坂にも、困ったときには和尚様を頼れと申し付けておきます」

そう言って兼続は礼をするとその場を辞した。

何か事が起こっては、と思いしばらく京に滞在していた景勝であったが会津の仕置きも気になっている。

「兼続、会津へ帰るぞ。ここはもううんざりじゃ」

景勝らしい。どちらを向いても派閥の覇権争いである。一旦上方を離れ、領国経営を軌道に乗せる。それにより東国を安定させることが豊臣政権下での上杉の役割である。

東海道を下り、中道（なかつみち）に入り宇都宮で宿を取った。

「こちらの母屋の部屋をお使いください。今ご案内しますので」

宿の主が出迎えて、景勝と兼続を招き入れた。そこへ若い女中が外から帰ってきた。

「ただいま。紙と墨を買ってきました。これでよかったかな。あ、お客様」

上杉一行に気づいて頭を下げる。

「ご苦労さん。そいだけあれば十分だろうね。じゃ、ついでに離れのきゅうざん和尚さんの所へ届けておくれ」

「はぁい」

女中は言われた通り、紙と墨を離れへ運んでいった。景勝と兼続は顔を見合わせた。

「きゅうざん和尚とは、九つに山と書く九山和尚のことか」

兼続が主に問う。

「左様でございます。お偉いお坊様のようで。ここ数日当方にお泊りなのです」

うむ、と景勝は頷いた。九山と言えば名高い禅僧である。

「後でこちらへ招いて話などしたい。そう伝えてくれぬか」

「かしこまりました」

その夜九山と夕餉を共にし、景勝と兼続は古今の文学、芸術、様々な話に花を咲かせた。話が一段落したところで景勝は九山和尚に尋ねた。

「我が上杉家の学問師範として会津へ来ていただくことはできませせぬか」

和尚は少し考えるようであったが、首を振った。

「せっかくのお誘いではありますが、拙僧には己の突き詰めたいことがございます。今はまだそれに専念し己を高めるときと考えております。いずれまたご縁があれば、お目にかかることもございましょう」

「そういうことであれば、仕方あるまいの」

景勝は残念そうに言った。


会津へ戻った兼続のもとには、千坂景親や忍びからその後の上方の様子について事細かに知らせが届いた。

前田利長が家康暗殺を企てたとし、共謀の嫌疑がかかった浅野長政、土方雄久、大野長治を家康が処断したこと。

前田利長は企ての嫌疑を払うため母芳春院を江戸へ証人として差し出すということ。

北政所が出た後の大坂城西ノ丸に家康が入り、新たに天守を築造したこと。

出羽角館の戸沢政盛(とざわまさもり)と越後の堀秀治が上杉の領国整備を謀叛の兆しと讒言に及んでいること。

兼続はため息をついた。

「しかし我ら、公儀の意向通り奥州、関東の抑えとしての役目を全うするため領国を整備しているだけのこと、何を言われる筋合いもありません。予定通り、雪解けのころに神指原の築城を始めようと思います」

慶長五年(一六〇〇)正月、新年の祝賀のため上方へ遣わしていた藤田能登守信吉が帰国し、報告のため若松城へ登城した。信吉はもともと武蔵の国人であったが主家を転々とした後上杉へ参じた武将である。会津に入ってからは津川城主の待遇であった。

「上方では上杉に対し不穏な風聞が聞こえており、内府様の耳にも入っております。前田家のこともありましたゆえ、当家もあらぬ疑いをかけられぬうち早めに内府様に弁明をなさっておくのがよろしいかと。この上は一刻も早く上洛なされますよう」

「我ら、豊臣家に対し後ろめたいことは何もない。内府に頭を下げる必要もない」

景勝は言った。信吉は続ける。

「しかし今、内府様の権勢は益々盛んになる一方でございます。内府様の御主導で豊臣の政がなされると言っても過言ではございません。内府様のお考えに添うように振舞うことが上杉のためでもあると思います」

景勝は信吉の胸の内を覗き込むように一瞬その目を見据えたが、

「そなたの考えはわかった。ご苦労であった。下がれ」

と下がらせると兼続の方へ向き直った。

「どう思う」

「やけに内府贔屓でありましたな」

「おおかた内府から褒美など遣わされたのであろう」

「厄介なことにならねばよいのですが」

兼続は信吉の心中を測っている。屋敷に戻ると兼続は忍びを呼び、藤田信吉の身辺を警戒するように指示を与えた。

　その後上方から上杉の早期上洛について文書による要請があった。領国整備を優先したい景勝は上洛期日を秋まで待ってほしいと主張したが、受け入れられる様子はなかった。

　神指原の城の普請が始まった。総奉行は兼続であるが、小奉行として弟の大国実頼、甘粕景継、山田喜右衛門らが任命された。

「大きな城じゃ。若松城の二倍はあるかの」

「百二十万石に相応しい城にせねばならぬからの。出来上がるのが楽しみじゃのう」

　本丸の基礎工事を行うとともに、周辺の農村を丸ごと移転させ、城下町を整備するための土地の確保も並行して行っていった。

　三月十三日は謙信公の二十三回忌法要のため主だった武将が若松城へ参集することになっていた。その前日のことである。実城の広間には謙信の位牌が安置され、早朝から準備が着々と進められていた。兼続は全体を見回しながら、準備に漏れがないよう気を配っている。

　その時そっと兼続に近寄った者がある。忍びであった。

「一刻ほど前、藤田能登守、出奔した疑いこれあり。ここに栗田刑部の一族も従った模様。向かう先は江戸かと思われます」

「何だと」

　兼続は静かに広間を見渡すと、同じく法要の準備に精を出している志駄義秀、山田喜右衛門に外へ出るよう目で合図を送った。

「何事でございますか」

兼続について部屋を出てきた二人はただならぬ気配を感じている。

「藤田能登守と栗田刑部が出奔した。直ちに追撃してくれ。その場で討ち取っても構わぬ」

二人は即座に手勢を引き連れ城を出た。栗田刑部には追い付き、その場で家族もろとも成敗したが、藤田能登守信吉は辛くも会津領を脱出、江戸へ逃げ込んだ。

「藤田能登、取り逃がしてございます」

山田喜右衛門の報告に、

「致し方あるまい」

とは言ったものの、口の中が苦い。正月からこちら、景勝に再三上洛を勧めていた信吉は家中でも浮いた存在になっていた。信吉が家康の調略の手に乗ったとなると、徳川もいよいよ上杉に対して手札を切ってくると思ってよい。前田家の一件と同様、恫喝してくるか。

家康は一体、豊臣政権をどうしたいのだ。家康主導の豊臣政権、あるいは。

## 命運

四月半ば、兼続のもとに上方から一通の書状が届けられた。差出人は相国寺の西笑承兌(さいしょうじょうたい)である。

「内府殿がこちらへ使者を送ってくるようです。大方詰問使でありましょう」

兼続は景勝に報告した。西笑からの文の内容は、近ごろ上方で上杉家に謀叛の動きがあるとうわされていること、それに対して家康が疑念を持っていること、その疑念を晴らすため景勝が起請文を書き、早々に上洛して弁明するようにと勧めるものであった。上杉家が領国内の道の整備や新城の築城をしていることが戦の準備であると懸念されているというのである。

「馬鹿げたことです。内府殿とてこれが移封に伴う領国整備だということは承知のはず。言いがかりにすぎませぬ。前田家に対したのと同様、我らを恫喝したいのでしょう」

景勝も深く頷く。

「しかし、無下に突っぱねて事を荒立てるのも利口ではない」

「仰せの通り。使者が参られて話を聞いたのち返答しましょう」

「ただし、譲れぬところは譲ってはならぬ」

景勝の目が兼続を見据えた。

四月下旬、上方から伊那図書(いなずしょ)と川村長門の二名が家康の使者として訪れた。使者の口上を聞いたのち、兼続は言った。

「先に届けられた西笑和尚の書状も拝読しましたが、主景勝には豊臣家への謀叛の意など一切ございません。身の潔白を示すため上洛する覚悟でありますが、その条件として堀氏の言上の糾明をお願いしたいと思っております。太閤ご存命のみぎり連署した掟書のうちに『無実の儀申し上ぐ輩あらば双方召し寄せ堅く御糾明を遂げられべき』という一条があります。これが容れられないのであれば、上洛はいたしかねます。同様の内容を書状にしたためましたので、西笑和尚にお届けください」

使者を返した後、景勝は兼続に言った。

「治部少や前田の件から考えるに、内府がわしらの出した条件を顧みることなどないやもしれぬな」

「内府殿はこのところ、少し思い違いをしているのではないでしょうか。五家筆頭とはいえ、まるで我が身が秀頼様であるかのような物言い。豊臣家をないがしろにする気持ちはないのかもしれませぬが、行き過ぎのような気がいたします」

「うむ。兼続、ここは腹を決めねばならぬ」

「御意」

「堀の糾明がされぬのであれば、わしは上洛はせぬ。起請文も書かぬ」

「それでよいと存じます」

兼続は頷いた。

五月、神指原の新城は二の丸の普請が始まった。会津四郡、仙道七郡、長井、刈田（かった）、佐渡、庄内から十二万人を動員しての大工事である。北東部に位置する欅の巨木に誰もが目を見張った。

月の半ばを過ぎたころ、家康の意を受けた西笑承兌からの返信が届いた。

先日京都の千坂景親から、家康が既に会津討伐の意思を固めているようだとの知らせを受け取っていたので、おおよその予想はできていたが、差し出された書状に目を通した兼続は大きく息を吸い込んで景勝を見た。七月中に上洛せねば軍を出す、直江の妻子を人質として江戸へ差し出せ、と書かれている。

「これは……！」

「もはや、脅迫じゃ。七月中などと勝手に期限を区切り、堀の糾明については言及なしじゃ。まして、おせんと竹松を人質にとは言語道断！」

「内府殿には、意地でも我らを屈服させねばならぬ理由があるのでしょう。しかし我ら徳川の臣下でもないものを、なぜ江戸に人質を出さねばならぬのか、合点がいきませぬ」

「おせんには言うでないぞ。いらぬ気苦労は無用じゃ。内府には堀の糾明がならぬのであれば上洛できぬと返事を出せ」

「殿……」

「手切れじゃ」

兼続が返書をしたためたのとほぼ同時に、米沢のおせんから急ぎの文が届いた。忍びから情報を得たのであろう、お家のためならば江戸へでもどこへでも人質に行くという。おせんらしいと思いながら屋敷へ戻ると、驚いたことにおせんが出迎えた。

「お帰りなさいませ」

「おせん！　なぜここに。先ほどそなたからの文を受け取ったばかりだ」

おせんは笑顔を見せて答える。

「文だけではもどかしく、来てしまいました。人質の件、私のことはお気遣い無用と旦那様にも、御屋形様にもお伝えしたかったのです。私と竹松が江戸へ行くことで事が収まるのであれば、どうかお申し付けください。竹松は私がしっかりと守ります」

ひたと見つめるおせんの瞳に迷いはない。この芯の強さを兼続は愛している。

「そういうことではないのだ。おせん、そなたならそう言うであろうと思ってはいた。だが、これは事に当たって上杉がどのように振る舞うかということ。己が潔白である限り、譲ってはならぬものがあるのだ」

「上杉の誇りでございますね」

「そうだ」

兼続は大きく頷いた。

「戦になる。しかし、受けて立つほかはない。みなにもわかってもらわねばならぬ」

兼続の表情が引き締まる。頭の中は今後の対応について目まぐるしく回転しているのであろう。

「旦那様」

おせんはそんな兼続を見透かすかのように穏やかに言った。

「立ち向かうと決められたのなら、今宵のお勤めはそこまでになされませ。せっかく私も米沢から参ったのでございます。たまにはごゆるりとお過ごしください。お酒をお持ちしましょう」

「……ああ」

そう言われて、兼続は肩の力が抜けるのがわかった。知らず知らずのうちに気負っていたのだろう。家の命運を左右する大きな決断をすることの重圧を察して、さりげなく労わってくれるおせんの心遣いがありがたかった。おせんの酌で酒を飲み、おせんを抱いた。

六月十日は土用の入りに当たっていた。もともと土木工事は休止する予定であったが、兼続はこの日、神指原の城の普請について中止の触れを出した。景勝は主要な五名の武将に宛て上方との手切れの次第を書状にしたためた。

それから数日して、千坂景親からの飛報がもたらされた。会津若松城の実城には重臣が集められた。

「この戦が理不尽と思うものは、この場から去っても構わぬ。戦うべきと思う者のみ、残れ」

景勝は諸将を見渡して言った。誰も席を立つ者はいない。

兼続は状況を説明する。

「いよいよ徳川が我が方へ向け軍を組織した。千坂対馬の報によれば敵方は五手にわかれ、白河口、仙道口、信夫(しのぶ)口、米沢口、津川口それぞれから侵入を考えているようだ」

広間には絵地図が広げられている。

「家康・秀忠の本陣は白河口を進んでくるであろう。その数およそ七万、これに北関東の諸大名及び豊臣譜代の諸将を加えると十四万の軍勢となる」

「そのような大軍をどうするのだ」

「江戸から会津領内に入るには鶴渕(つるぶち)や高原峠を越さねばならぬ。大軍といえどもその時は隊列を細くするしかない。そこが我らの戦場だ」

「なるほど、隘路へ誘い込めばこちらが少数でも勝ち目はあるな」

「御屋形様にはここ会津に腰を据えていただく。私は状況に応じ守山、二本松、安子ヶ島(あこがしま)を行き来しながら指示を出す」

兼続は絵図を指し示しながら説明した。

「実頼には鶴渕、高原峠の守備を任せる。甘粕殿は居城へ戻り伊達に対する国境を固めてくれ。越後に残してある旧上杉家の農民たちには一揆を申し付ける。津川口からの侵入を足止めするのが目的だ」

家康進軍については米沢のおせんのもとにも忍びから逐一知らせが入っていた。

「菊姫様が心配です。おまん様とお二人でお心細いことでしょう」

「奥方様は妙心寺に身を寄せられるとのことです。以前より旦那様がそのように妙心寺に申し入れておいでです」

「そうですか。ならばよかった」

カケスが去ると、おせんはほっと胸をなでおろした。兼続のやることに抜かりはない。しかし上方の心配をしている場合ではなかった。上杉包囲網が敷かれる中、兼続不在の米沢も北に対する守りを固める必要があった。

ところが、七月に入って事態が急転した。

「石田治部少殿が挙兵したようです。総大将は毛利殿、先ごろ大坂城西の丸に入られました。徳川を逆賊とし弾劾する書状が各地へ送られています」

カケスが持ってきた書状の写しを読んだおせんは顔を上げた。

「我らにとっては僥倖じゃ。徳川はどう動くであろう」

だが、数日して動きを見せたのは信夫口に兵をそろえた伊達氏であった。城主甘粕景継の留守の隙をついて、白石城を侵略した。

「白石城が落ちたのか」

おせんは驚いてカケスに問い返した。

「は、次いで川俣城も一時占拠されましたが、こちらはすぐに奪還しております」

家康は下野小山に陣を留めたままだが、いくつかの部隊は進路を西へ転じたということである。兼続は慎重に家康の動向を探る一方、いまだ国境付近で様子をうかがっている仙北の諸大名に宛て弾劾状の写しを転送した。上杉の潔白を示し、米沢口からの撤退を促すためであった。

八月になり、ようやく兼続は家康が兵を引いたことを確認した。石田三成から関東への出兵を求める書状が届いている。

「佐竹、真田と共に関東へ乱入しろと言ってきている。どうする、兼続」

「今すぐに、というわけにはいきませぬ」

関東の鎮定すなわち徳川を抑えることは、会津に移った上杉家に課された役割である。しかし関東へ攻め入っている間に後ろを突かれては、元も子もない。仙北の大名の中には自領へ戻ったものもあるが、未だ境目から軍を退かぬ最上、白石城を手に入れさらに南下をうかがう気配の伊達を屈服させなければ江戸出兵は現実的ではない。それに、酒田の志駄義秀からは、秋田氏と共に最上が庄内侵略を計画しているとの情報がもたらされていた。

「伊達、最上への対応が先です。特に最上は庄内侵攻の準備をしている様子。まず我らは山形を攻め、庄内方面への侵攻を牽制します。その上で最上を屈服させれば、孤立する伊達も和睦に応じましょう。

奥羽の諸大名を統率した上でならば、関東への進軍も考えられます。それが会津百二十万石の役目でありましょう」

「うむ。ならば最上攻めの支度にかかれ」

上杉が軍備を進めていることを知った最上義光（よしあき）から、服従の文書が届いた。証人を提出するとも言ってよこした。こちらとしても、戦をしたいわけではない。上杉の軍事力で圧力をかけ、降伏、臣従させることが狙いである。最上家の言上を容れ態度を見定めることとした。だが、証人を送ると言いながらその引き渡しは九月に入っても行われない。

「このまま時間稼ぎばかりされても埒が明かぬ。出陣するぞ」

兼続は最上攻めを行う決断をした。その一方で伊達との和睦交渉に福島城の本庄繁長を使者として遣わす。

「伊達が白石城を占拠していることにはこだわるな。和睦し、関東へ従軍させることが第一と心得よ」

九月九日、兼続は軍を五つに編成し、自ら最上領へ出陣した。直江本陣が十三日に畑谷城を撫で斬りにすると周辺の支城や砦は恐れをなして自落していく。直江軍は翌日には最上義光が籠る山形城から一里半、それを守る長谷堂城から十町の菅沢（すげさわ）山に本陣を敷いた。長谷堂を落とさねば山形へ向かうことはできない。

九月十五日、美濃関ヶ原では石田三成と西上した徳川家康が干戈を交えた。わずか一日で勝敗がついたこの合戦の知らせが出羽に届くには、今しばらく時間を要する。

長谷堂城の周囲はぬかるみが多く足場が悪かった。兼続は多くの井楼を上げさせ鉄砲隊、弓隊で攻撃を加えるが、長谷堂を守る志村伊豆守は亀のように閉じこもっていた。戦況は膠着状態となり、睨み合いの状態が続く。兼続とて、この後の関東攻めのことを考えれば力攻めによる消耗は避けたいところである。

長谷堂城は目と鼻の先である。兼続は本陣から戦場を眺めていた。兼続のもとには周辺の境目の状況や上方の様子を伝える者たちが始終出入りをしている。目の前の長谷堂の戦況だけでなく各方面からの情報を集約、分析し、会津全体の軍略を考えるのが兼続の役目であった。

先ほど届いた知らせによれば、上方では戦況が激しくなっているということである。家康が上方で釘付けになっているということは、白河口からの侵攻はまずないとみてよい。兼続は祐筆を呼び書状をしたためさせた。南山口(みなみやま)の実頼に米沢へ入るよう指示を出す。最上攻めのため手薄になっている米沢を補強する意図であった。伊達との和睦交渉に失敗した場合、政宗が米沢へ侵攻することも考えられた。そこへ、

「申し上げます！」

伝令が走りこんできた。

「上山口(かみのやま)にて本村酒造殿(ほんむらみき)お討死！　篠井隊も敗走いたしました！」

「！　人数は圧倒的であったはず。何ゆえだ」

「敵に背後に回られました」

「深入りしすぎたか……」

本村酒造は与板衆古参の武者であり、兼続の信頼する家臣であった。兼続は一時目を閉じ、唇を噛みしめると言葉もなく席を立った。上山口での敗退は、最上攻めの戦略全体を揺るがす事態であった。

更に衝撃的な情報がもたらされた。伊達が、最上へ援軍を出してきたというのである。本庄繁長の和睦交渉が決裂したということか。

伊達の大将は政宗の伯父、留守政景である。

「留守勢は笹谷峠を越え、小白川に陣を張っております。今のところ、目立った動きはありません」

なるべく消耗が少ない状態で最上を降伏させたい兼続であるが、長谷堂攻略にもはや時間をかけてはいられない。陣を敷いて十日、兼続は水の手を切る作戦で指示を出した。しかし上杉のこの動きを察知した最上勢は攻勢に出てきた。

「これでは無駄死が出るばかりじゃ。拙者が一旦味方を連れ戻してまいる」

本陣にいた上泉主水はそう言うと、味方を収容すべく出ていった。

それから一刻もしないうちのことである。

「上泉主水殿、お討死！」

「何と！」

兼続は床几を蹴って立ち上がった。

「主水殿がか」

「はっ」

「まことか」

「はっ」

兼続は天を仰ぐ。主水の討死は上杉家の命運そのものと表裏一体となって兼続を揺さぶった。

攻めあぐねる兼続のもとへ、景勝からの使者が駆け込んできた。

「申せ」

「仙道方面、伊達の動きが活発となっているため、全軍退却せよとの由にございます」

撤退？　仙道方面？　兼続は使者を凝視する。

「どういうことだ。伊達は米沢へ向かっているのではないのか」

それならば先日来、南山口の実頼を米沢へ移し、相応の手当てはしてある。

「福島方面でございます。梁川（やながわ）城の横田大学他数名が伊達に内通したようでございます」

「……何！」

兼続の思考が停止した。使者はまだ何か言っている様子だが、全く耳に入ってこない。

梁川は伊達に奪取された白石城に面する前線の城である。本庄繁長が和睦交渉をする眼前で横田大学らが寝返ったとなれば、仙道口の動揺は尋常ではないはず。あちらが崩れれば、会津はひとたまりもない。

迷っている暇はなかった。

「これより退却準備に入る」

兼続はきっぱりと言った。

「退路を確保せねばならぬ。後方部隊に密かに狐越街道の拡幅をさせよ。本陣は道が整い次第これを撤退する。殿軍は私だ。他の部隊は我が軍が退却を始めると同時に、小滝口から撤退せよ」

矢継ぎ早に、命令を下す。

「しかし、大将が殿軍とは、聞いたことがございませせぬ。それに、そのような作戦では最上勢は直江本隊へ兵力を集中させることになりましょう」

兼続は笑った。

「聞いたことしかできぬようでは、新しい局面を作りだすことはできぬな。この策でよいのだ。敵方を我が軍に引き付けることで、他の者の退却がたやすくなろう。私が殿軍の指揮を執る。懸かり引きだ」

「はっ」

懸かり引きとは、謙信が得意とした上杉軍の戦法、車懸かりの応用である。部隊を長蛇あるいは円形に配し、前線を次々に交代させながら敵陣に攻め込む車懸かりを、退却の際に使おうというのである。殿軍は本来、本隊が戦線離脱するための捨て石のようなものであり、勢いに乗った敵の追撃を食い止めなければならないため、最も過酷な役目である。それを大将の兼続が自ら務めるというのであった。

「では、わしも殿軍に加わろう」

そう言ったのは組外衆の前田慶次郎利益である。

「ならば、わしらも」

慶次郎に負けじと、上杉赤本槍の水野、藤田、韮塚、宇佐美の四名もしんがりを申し出た。

「旦那」

水原親憲が立ち上がった。

「そうは言っても、殿軍の、そのしんがりはわしに任せられよ。此度わしは戦目付としての役目を言いつかっておるが、またとない活躍の場を旦那に譲るわけにはいかんのでな」

兼続は水原を見た。その目が不敵な笑みを湛えている。兼続は頷いた。

「では、そうしよう。しんがりのしんがりは水原殿だ」

十月一日、退却路となる狐越峠の整備が進んだところで、兼続は全軍に撤退命令を出した。上杉軍が退くと見るや、最上勢は総力をあげて追撃をはじめた。標的は直江軍である。最上軍の追撃に、上杉軍は必死の退却となった。最後尾を担う水原隊を気にしつつ、兼続は畑谷城近辺まで撤退した。しかしほどなく水原隊苦戦の報が入る。

「いかんな。援護に戻るぞ」

兼続は手勢三百人を連れ、元来た道を引き返した。最後尾は壮絶な戦いである。上杉赤本槍の者たちも大いに働いているが、最上の勢いを止めることは難しい。水原は負傷していた。

「水原殿、大事ござらぬか」

「こんなところで傷を負うなど、面目ない」

肩で大きく息をする水原に兼続は言った。

「何を言われる。十分なお働きだ。ありがたいと思っております。ここから先は私の指揮下に入っていただく。少し退却し、兵を休ませてください」

兼続は懸かり引きの戦法を取り、鉄砲隊で敵方を怯ませては徐々に退却することを繰り返した。しんがりで軍配を振る兼続の周りで、味方の兵が傷を負い、倒れていく。それでもなんとか身を起こすと、兼続の指揮に従って再び敵方へ突入していくのであった。味方の消耗は激しかった。兼続自身、満身創痍であった。

「直江の軍旗じゃ。あそこに直江がおるぞ！」

最上勢の目当ては兼続である。攻防はいよいよ激しくなった。兼続は視線の先に最上出羽守義光の姿を認めた。これまでどんなに挑発しても山形城から誘い出すことができなかった大将である。兼続は軍配を掲げ、叫んだ。

「今こそ好機、敵将最上出羽守を討ち取れ！」

上杉の鉄砲が火を噴いた。その一発が義光の兜に当たり、義光は後ろざまに倒れる。そこへ伊達の援軍がなだれ込んできた。

「出羽守はどうした、討ち取ったか！」

激しい戦闘の中詳しいことはわからない。伊達の加勢に力を得た最上の攻勢に、決死の兼続も殿軍を支えきれなくなっていた。

「ここはわしが防いでみせる。そなたはしばしさがっておれ！」

兼続の前に飛び出したのは前田慶次郎である。その姿に勇気づけられながらも、目の前でばたばたと倒れていく味方の兵に兼続はこれが限界だと思った。

「慶次郎殿、もはやこれまでと思いまする。この首を取られるくらいならば、ここで腹を切る」

兼続は脇差に手をかけた。

「馬鹿者！　懸かり引きはそなたでなければ統率がとれぬ。そなたがそんな弱気では、上杉軍は全滅するぞ！」

慶次郎に叱咤され、兼続は我に返った。

……いかに兵の犠牲を少なくして戦うかを考えることが、あなた様の仕事でありましょう。

いつかおせんに言われた言葉が脳裏によみがえる。

慶次郎は叫びながら赤槍を大きく振り回し、一度に何人もの敵兵をなぎ倒していく。弱気になっている場合ではない。殿軍が諦めてどうする。できるだけ多くの兵を上杉領へ戻すこと、それが自分の使命である。例えこの首を取られようとも、一人でも多く国へ帰す。兼続は軍配を握り直し、采配を振り続けた。

兼続が上杉領荒砥(あらと)城まで退却したのは二日後のことであった。

おせんは米沢城でただひたすら兼続の無事を祈り続けていた。

「直江本陣、荒砥城まで退却を終えましてございます」

音もなく現れたカケスが障子越しに報告した。

「まことか。旦那様はご無事か」

おせんは急いで立って、障子を開けた。カケスがひざまずいている。

「はっ。明後日には米沢に入られ、その後仙道、信夫方面の対応に当たられるようでございます」

おせんは手を胸に当て、目を閉じた。鼓動が速くなっている。

「おまつ、竹松、父上は無事に戻られた。明後日には米沢へ帰ってこられます」

子供たちがわっと、集まってくる。

「お父上はまた竹トンボを作ってくださるか？」

無邪気な竹松をおせんは抱きしめた。


兼続は横田大学らの内通を阻止するため、安田能元(よしもと)を梁川へ派遣した。

伊達勢は白石城から桑折(こおり)筋を進軍し、さらには福島城下へ攻め入る構えを見せていた。状況によっては兼続自身も会津の景勝と共に仙道へ向かう心づもりだが、福島との道が伊達によって遮断されているため、情報収集がままならない。状況判断ができずに米沢に留まっているうち、京都留守居役の千坂景親から関ヶ原で石田方が大敗したとの知らせがもたらされた。

「石田殿が負けたのですか」

おせんが不安そうに言う。

「うむ。忍びからも同様の知らせが届いている。間違いはなかろう」

兼続は重い口ぶりで言った。このところの伊達の攻勢は、この情報を握っていたことによるものか。

「徳川がまたこちらへ兵を向けてくることもあるのでしょうか」

「そうだとしても、すぐにということではあるまい。関ヶ原での戦は局地戦のひとつにすぎぬ。大坂城に毛利殿がいる限りまだ決着がついたわけではないからな」

兼続はおせんを安心させるように言った。だがその毛利輝元が九月二十四日、既に大坂城を明け渡していることを兼続はまだ知らない。

伊達に内通した横田大学以下数名はすんでのところで安田能元が捉え、会津へ護送した。内通者の協力を得られなくなった政宗は福島を諦め白石城へ撤退した。戦況が落ち着いたのを確認すると、兼続は会津へ移った。

それから間もなく、米沢のおせんのもとに毛利輝元があっけなく大坂城を明け渡したという知らせが届いた。

「毛利殿が降伏し決着がついたということは、あの弾劾状も反故になったということ」

おせんは落ち着かない風でつぶやいた。

「上杉を謀反人とした徳川の大義が通るということです。この後のことが心配です。私も会津へ行ってきます。キヨ、子らの面倒をたのみますよ」

おせんはそう言うと、単身会津へ向かった。

この後の徳川への対応について家中は主戦派と和睦恭順派に分かれた。宙に浮いたままの会津征討に対しどう決着をつけるか。両者の言い分はそれぞれによくわかる。だが、どちらかを選ばなくてはならない。

整理しておくべき論点はふたつ。兼続は冷静に分析した。

ひとつ目として、我らは石田方に数えられるのか。否。石田方が発した弾劾状を東北諸大名に転送したのは事実だが、それは石田方への編入を意図するものではない。そもそも上杉の立場は石田方とは一線を画すものである。我らの行動は謀反人の汚名を雪(そそ)ぎ、上杉包囲網を解体して名誉を回復するためのものである。従って、関ヶ原での石田方の敗戦に我らは連座するものではない。

ふたつ目。伊達、最上との戦は家康への敵対行為であったのか。否。最上攻めは秀吉から言いつかった奥羽鎮定の役目を果たすためのもの。我らはこの騒ぎに乗じて領地拡大を目論見た伊達、最上そのものと戦をしたのである。徳川とは関係がない。

つまるところ我らは家康と直接にも間接にも弓箭(きゅうせん)を交えたわけではなく、負けてもいない。そもそもあちらが勝手に言いがかりをつけ兵を向けてきたことに対し、防戦の構えを見せただけである。だから、徳川に対し改めて身の潔白を主張し決着をつけるべきという論は、ひとつ、筋としては通っている。関東の鎮定も豊臣政権から期待されていた役目ではある。主戦派の言い分はもっともである。

しかし、兼続は続けて考える。

関ヶ原の一件の後、毛利が大坂城を明け渡し徳川に服従したゆえに、天下の体制は徳川のものとなりつつある。関ヶ原の圧勝で大勢を味方につけた徳川と今、戦をして上杉に勝ち目はあるのか。勝ったとして、そのためにはまた多くの命が失われることになる。田畑は荒れ民は飢えに苦しむこととなる。そうまでしてここで立ち向かうことに義があるか。確かに上杉の名誉をかけて戦いに挑むことは気持ちの上では清々しいと感じられるであろう。だが、義とは何か。

正義とは往々にして七変化なものである。一方の正義と他方の正義は容易にぶつかりあう。それぞれの理論がそれぞれの正義を作り出すからだ。筋を通すのもひとつの義ではあろう。

だが、上杉が掲げる義とは何か。謙信公は何と言った。それは名誉や自尊心といった利己的なものではなかったはずだ。助けを求める者に手を差し伸べる。それはすなわち為政者として民が安心して暮らせる世をつくるために心血をそそぐということ、それが上杉の目指す義である。

かつて上杉は世の安寧のため、秀吉に従った。それが上杉の義であったからだ。今回家康に頭を下げるとすれば、それもまた世の安寧のためである。ここで我らが頭を下げれば、乱世が鎮まる。それこそが、上杉の義ではなかったか。ただ、豊臣の協力者として秀吉に臣従したあの時と違うのは、此度、徳川と敵対した状態で体制が定まってしまったということだ。対等な和睦交渉は望むべくもない。我らに対して拳を振り上げたままの徳川としては、その体面を保つため、上杉を屈服させたと満足できるだけの恭順を求めてくるであろう。だがそれは上杉の誇りを傷つけることでもある。

交戦は名誉、和睦は義。名誉を取れば義が損なわれ、義をとれば名誉が損なわれる。

文机に向かい兼続は筆を取った。心のおもむくままに筆を走らせると気持ちが穏やかになった。

兼続は顔を上げた。心は決まった。上杉の誇りと義、両方を守る。今このような家中の状況でどちらか一方を取ることなどできぬのだ。問題は誇りを守るための戦いの仕方である。いかに兵と民の犠牲を少なくして戦うか、それを考えるのが己の仕事である。ならば。


「慶次郎殿がおみえですよ」

おせんは声をかけた。兼続はこの数日一人部屋に閉じこもって誰にも会おうとせず、ほとんど口も利かない。今までこんな兼続を見たことがなかったおせんは不安であった。だが慶次郎と聞いて兼続は言った。

「そうか。お通ししてくれ」

おせんは少しほっとして、慶次郎を招き入れた。

「慶次郎殿。長谷堂では大変世話になり申した。最小の犠牲で兵を帰すことができたのは慶次郎殿あってのこと。このご恩、生涯忘れはいたしませぬ」

「なんの、そなたの鮮やかな懸かり引きの戦法は、ほれぼれするほどであった」

「しかし此度の失態、慶次郎殿、ただですむとは思っておりませぬ。どのように責任をとるべきか、思案をいたしておりました。慶次郎殿の顔を見て腹が決まりました」

ただならぬ兼続の気配に、おせんと慶次郎は顔を見合わせた。

「御屋形様のところへ行ってまいります」

兼続は部屋を出ていった。文机に一編の漢詩の書きつけが置かれたままになっている。

有感

風竹蕭蕭梧葉黄
相思寸寸断人腸
一聲塞管来何処
雁帯秋雲入故郷

風竹蕭蕭(ふうちくしょうしょう)として　梧葉(ごよう)黄なり
相思寸寸　人の腸(はらわた)を断つ
一聲(いっせい)の塞管(さいかん)　何れの処よりか来る
雁　秋雲を帯びて　故郷に入る

「これは」

おせんが慶次郎に見せる。

「孤独であるのう。今の胸の内であろう。本村殿、主水殿を亡くしたことも大きな痛みであった。が、このような趣の詩は、山城にはめずらしいのう」

二人ははっとして、兼続の後を追った。


「殿」

景勝の前にひれ伏す兼続のあとから、おせんと慶次郎がばたばたと入ってきた。

「此度お家をこのような境遇に陥れたこと、全てこの兼続に責めがございます。この先天下は徳川のものになっていきましょう。このままでは当家への対応も厳しいものになると思われます。責めはこの身ひとつ、執政兼続がお受けいたします。私が殿を、お家を間違った方へ向かわせたのです。私が腹を切ることで事を収めてもらえるよう、徳川へ願い出ようと思います」

「何を仰せです」

景勝が口を開く前に、おせんが叫んだ。

「今この混乱の中であなた様が自害なされば、お家はどうなるとお思いか」

「そうじゃ、山城。責任を取って死ぬことはいつでもできる。今しばらく生きて、上杉の舵取りをするのがそなたの務めであろう。それに、そなたは一人で汚名を着るつもりかもしれぬが、おせん殿はどうなるのだ。竹松は、おまつは。直江の者として後ろ指をさされて一生を過ごさねばならなくなることを考えたのか」

「しかし」

「兼続」

景勝がゆっくりと言った。

「そなたにしては愚策じゃ。我らは間違った方へ向かったことはない。そのような言い訳で上杉を残し、そなた一人に腹を切らせて、誰が喜ぶのだ。上杉の総意として我らここに至ったのだ。徳川に相対するとき、わしがみなに言ったのを忘れたか。この戦に道理がないと思う者は去れと。戦うのが上杉の道だと考える者だけが残れと言ったのだ。そなた一人の落ち度として片づけることなどさせぬ。死なば諸共じゃ」

「殿……」

「知恵を絞れ、兼続。この苦しい状況から抜け出すため、今こそそなたの知恵と力を必要としておる」

深く頭を垂れたまま、兼続はしばらく動かなかった。誰も、何も言わない。しかし景勝の言葉は絶対であった。おせんは丸まった兼続の背をみつめ、泣いた。

# 覚悟

後ろは振り返らない。生きると決めた兼続は、すぐに次の手立てを考え始めた。

家康は上杉家への対応をどう考えているか。兼続は徳川の出方を推測する。上方から届けられる様々な情報を分析し、精査していく。千坂対馬守からは徳川との和睦に脈があること、特に家康側近の本多正信や取次の榊原康政(さかきばらやすまさ)からは降伏を勧められているという情報が入った。家康の次男結城秀康(ゆうきひでやす)も上杉の肩を持ってくれているという。問題は、和睦の条件であった。

上杉家はまだ無傷の精鋭部隊を維持している。謙信以来の武勇を誇る上杉軍との直接対決を避けようとするならば、景勝の切腹や配流を求めてくることはないだろう。処分の落としどころとして妥当なのは転封、削封というところであろうか。

評定の場で兼続は言った。

「一体、上杉の義とは何であったか。謙信公が足利将軍家から託されたこと、すなわち乱世を終わらせることである。今我らが徳川に臣従すれば、この乱世が治まる。これこそが我らが進むべき義の道ではないか。和睦臣従するとなればそれなりの処分は覚悟せねばならぬが、上杉家の誇りは必ず守ってみせる。誰にも肩身の狭い思いはさせぬ。私を信じ、共に御屋形様を、上杉を支えてほしい」

家中の意見を和睦にまとめると同時に上方へ向けて和平の工作を行うよう兼続は事細かに指示を出した。

「修理亮が酒田へ帰還したとの由にございます!」

若松城で米沢からの飛報を受け取ったおせんは、兼続のもとへ駆けつけた。

「まことか！」

庄内から最上領へ侵攻していた志駄修理亮義秀は、上杉軍撤退の指令が届かず、最上領内に取り残される形になっていた。同じく庄内から進んだ下次衛門は最上方に降伏したが、義秀は庄内新道を伝って、酒田への撤退を成功させたのである。兼続は大股でおせんに歩み寄ると、その手から文を取り上げるようにして読んだ。

「新道が役に立ったか。この雪の中、よく帰り着いたものよ」

おせんも胸を撫でおろす。

「与板の者は忠義なのでございます」

「そうであったな。ほんに、修理亮にはすまぬことをした。だがよかった。褒めてやらねばのう」

久々の朗報に、城内は湧きたった。

十二月、兼続は本庄繁長を和睦の使者として京へ向かわせた。前田慶次郎も自らの従弟にあたる前田利長に口添えを頼むため上京した。

「腰の引けた前田の若造にどれほどの気概があるか分らぬがな」

慶次郎は苦笑しながら言った。

「だが、まあ、多少の役には立つかもしれぬ」

「いや、わざわざの骨折り、そのお気持ちだけでも十分にありがたいことです」

兼続は出立する慶次郎に頭を下げた。

慶長六年（一六〇一）七月、和睦の道筋がついたとして景勝は兼続を伴って上洛した。悪びれることなくむしろ胸を張って上洛する主従の姿に、洛中の者たちは深く感じ入った。

「今や譜代も外様もみな徳川にへつらって縮こまっているというのに、やはり謙信公の血筋は違うもんやな」

徳川に媚びないその態度は、京の町衆には清々しく映った。

景勝、兼続主従は大坂城へ登城すると、主君豊臣秀頼に挨拶をしたのち、家康のもとにおもむいた。

「我ら、いわれなき讒言により内府殿が東下なされるに及び、あくまでも正々堂々と迎え撃とうとしたまでのこと、他意はございませぬ。上杉家はこれまで、安寧の世をつくることを義として生きてまいりました。これ以上の戦でさらに多くの血を流すのは上杉の本懐ではありません。此度徳川殿と干戈を交えぬまま和睦するのも、その義のためでございます」

会談に臨んで兼続は家康の目を見据えて言った。

八月十六日、上杉家の減封が言い渡された。会津百二十万石から米沢三十万石への大幅な削封である。大坂城から戻った景勝は、兼続に言った。

「今度、会津を転じて米沢へ移る。武命の衰運、今においては驚くべきにあらず」

景勝の度量の大きさに、兼続は打ち震える思いであった。

「しかし、遠国へ国替えではなく、もともとの所領である米沢なだけ、ありがたいと思わねばならぬ」

「これも上杉のためみなが奔走してくれたおかげでありましょう」

兼続は本多正信の指南をうけながら、移封の手続きを進めた。具体的な移封の計画を立てる中、兼続は思うことがあって景勝の所へ行った。

「米沢が三十万石といえども、今抱えております譜代の家臣はみな、連れていきたいと存じます」

「米沢に六千人を入れると申すか。家族も含めると三万にはなるぞ。家だけではない、食料も足りぬではないか」

「天下はまだ定まったわけではございませぬ。有事の折には上杉家臣団の結束の強さがものを言います。上杉の軍事力を温存しておくことが徳川への無言の圧力ともなりましょう。なるべく召し放さずともすむよう、処置いたします」

兼続は懐から米沢の絵地図を出した。

「米沢の南は松川の氾濫が多く、放置された平地にございます。川に堤防を築き、ここを田畑として開発いたします」

「そなたの頭の中には既に思案があるようじゃの」

「はっ」

上方から減封の知らせがもたらされた会津では、蜂の巣をつついた騒ぎになった。上杉の系譜が保たれた安堵と、大幅な減封に対する不安が入り混じる。しかし、共に数々の苦難を乗り越えてきた上杉家の結束は固かった。景勝は家臣の知行をこれまでの三分の一にするという君令を発したが、越後以来の重臣たちはほとんどがこの待遇を受け入れ、米沢へ従ったのである。

米沢城は二の丸の堀も三の丸もない小城である。その実城の一隅に、兼続は謙信の御遺体を安置することに決めた。上杉氏の象徴であり家臣たちの精神的よりどころである謙信の御遺体は、真っ先に移されねばならない。米沢奉行春日元忠に対し兼続は指示を与えた。

城下町はわずか八町三小路に過ぎなかった。そこへ先に移ってきたのは上級、中級の家臣であった。もともとある兼続自分衆の八百戸に、三世帯、四世帯の家族が身を寄せ合って生活をする。この冬を凌ぐためにはそうするより仕方がない。

「しかし、お家は百二十万石から三十万石、つまり四分の一に減封されたのであろう。どのようにして我らの禄を三分の一の減俸ですますことができるのじゃ」

「旦那がご自分の禄を大幅に減らされたらしい。六万石を五千石に」

「それを我らに分け与えたということか」

「上杉家を守るため、旦那は一時は切腹の覚悟までなされたそうじゃ」

「わしも聞いた。戦の世を終わらせるため、責を一身に背負われようとなさったのじゃ」

「そうと知っておったら、わしの首も差し上げたものを」

「馬鹿言え、そなたの首をいくつ差し出したとて何の足しにもならぬわ。旦那の首にこそ価値があるのじゃ」

あくまでも交戦を主張する者や、身を引くこともせず政の中枢に居続ける兼続を批判する声もなくはなかったが、苦況にあってより結束力が高まった上杉家は、景勝の移住の発令に従い大きな混乱もなく十一月までに上級、中級家臣の移動を終えた。

三十万石の米沢に百二十万石の家臣を入れ、養っていくためにはどうするか。米沢へ戻った兼続は、絵地図を見ながら考え続けた。会津百二十万石時代、米沢城主といえどもほとんど会津若松に詰めていたため、米沢の整備は進んでいなかった。これまで自分の居城としてあった米沢城は景勝のために作りなおさねばならない。

「旦那様、少しは休まれませ」

おせんが白湯を淹れてきた。

「だが、時がない。すぐにでも町づくりに取り掛からねば、この冬みなが凍えてしまう」

おせんは絵地図を覗き込んだ。

「ほんに、禄を減らすと言われてもみな、米沢へついてきてくれましたね」

「ああ。これもひとえに殿のお人柄ゆえだ。だが、早急に家の割り当ても考えねばならぬ。それに、伊達、最上、徳川への備えも必要だ」

忙しく頭を回転させる兼続を、おせんは見つめた。完成を見ることのなかった神指原の城のことを思えば悔しさばかりが募る胸の内だが、あえてそこには触れない。

「なんだか、楽しそうでございますね」

兼続はおせんのほうへ顔を向けた。

「そなたには、隠し事は出来ぬな。実はそうなのだ。死ぬつもりであった私が生かされて、楽しいなどと言ってよいのかわからぬが、どうせ生きるなら楽しくやりたいものよ」

「町づくりは昔から、あなた様のやりたいことでございましたから」

「そうだ。私はこの逆境の中でどれだけのことができるか自分の持てるものすべてを出し尽くしたいと思っている。まずはみなの暮らしが成り立つように知恵を絞らねばならぬ」

「それがあなた様の生きる意味でございます。存分にお働きなさいませ」

打ちひしがれた兼続をもう二度と見たくないおせんである。削封の責任を負い、時にはあからさまな非難を受けることもあった。心の切り替えの早い質とはいえ時折不安定な気分を垣間見せることもある兼続であったが、町づくりに没頭することでその精神が立ち直っていくことをおせんは願った。

財政がひっ迫していることもあるが、徳川に敵対する意のないことを示すため城には天守を作らない。町屋敷も当面は既存のものに入れるだけの職人や商人を住まわせる。城下に入りきらぬ町人や下級武士には掘立小屋を建てさせ風雪を凌がせるほかない。ゆくゆくは町の外側を広く開墾させ、屯田兵として住まわせるのがよいだろう。

城の設計図、城下の区割り図など兼続は次々に作成を命じては確認や修正の指示を行った。

米沢の地は北、南、西には陣を展開する余地がなく、敵が侵入するとすれば東の八幡原に陣を敷くのが定石である。伊達、最上、徳川を仮想敵とし、城を本陣、東側を正面として戦でもするかのように家臣の屋敷を配置する。氾濫の多い松川は堤防を築く一方で流れを城下に引き込んで外堀とし、この水を生活用水や物資の運搬にも利用する。飲料用としては松川から別に用水を引き、御入り水として城内へ入れる。

年が明けた。米沢はまだまだ混沌の中にある。真冬の米沢は越後以上に雪に閉ざされ城下の造営も遅々として進まないが、それでも家中、領民うつむくことなく必死で働いていた。

しかしこの日、兼続は家臣を伴って高畠の亀岡文殊堂へ出かけた。詩歌奉納の歌会のためである。これに先立ち移転直後の昨年十二月にも兼続は自邸にて連句会を催していた。

この時代盛んに行われている詩歌会や連句会は家中の連帯感を育むのに役立ち、また戦勝祈願として行われることもあった。苦しい今こそ、歌会を開くことで家中をまとめたい、というのが兼続の狙いである。実は兼続には大きな気がかりがあった。和睦に反発した弟、実頼のことである。実頼はいまだに和睦を不服とし、親豊臣を前面に打ち出していた。放っておけば出奔するのではないかと兼続は心の内で危惧していたのである。兼続は今回の奉納詩歌百首の出題を実頼に頼んだ。実頼のことを誰よりも信頼し、今後も上杉のために尽くしてほしいと思っていることを伝えたかった。歌会を催した理由はそれだけではない。先行きの不安な今こそ、上級の武士たちがこのように心のゆとりを持っているということを示すのは、下級の者や領民を安心させることでもあった。

米沢から北東へ三里半、まだ雪が残りぬかるむ道を二十名余りの者たちは文殊堂へ馬を走らせた。参道の上り道の脇を、雪解け水がとうとうと音を立てて流れ去る。ここが我らの生きていく地だ。兼続はあたりを見回して思った。馬を降り、流れる水をひと掬い手にとる。越後の水と同じ、体中を目覚めさせるような冷たさであった。

「お帰りなさいませ。今日はどのような詩作になりましたか」

夕方屋敷へ戻った兼続を出迎えるおせんに、兼続は懐から折りたたんだ紙をとりだした。

「どうだ」

楊柳其賓花主人
屠蘇挙盞祝元辰
迎新送旧換桃符
万戸千門一様春

楊柳（ようりゅう）は其の賓　花は主人
屠蘇（とそ）盞（さかずき）を挙げて　元辰（げんしん）を祝す
新を迎え旧を送って　桃符（とうふ）を換（か）う
万戸千門　一様の春

「おめでたい詩でございますね」

「米沢の地に、早くこのような安らぎをもたらしたいと思ってな。私の願いだ」

「あなた様なら、きっと成し遂げられます」

知行を減らされても米沢へ従うと言った六千人の者たちは、みな上杉の家臣であることに誇りを持っている。謙信が示した義の志、それを引き継ぐ景勝と兼続の政の上に培われた上杉の信頼関係はこの苦境を乗り切るための土台である。その信頼を裏切ることのないよう、兼続は米沢の経営に己のすべてを賭ける心づもりで事に当たっていた。

おせんは穏やかな微笑みを向けた。下級の家臣たちの移住が始まっている。雪解けとともに米沢の町はごった返すであろう。

「これも作ったのですか」

二枚目に書きつけられた漢詩を見ながらおせんが言った。兼続はおせんの手元をのぞき込む。「逢恋」と題された漢詩であった。

風花雪月不関情
邂逅相逢慰此生
私語今宵別無事
共修河誓又山盟

風花雪月　情に関せず
邂逅(かいこう)して相逢わば　此の生を慰む
私語　今宵(こんしょう)　別るれば無事(ぶじ)
共に修む　河誓(かせい)又山盟

「ああ、これは、その、男女の秘めた恋を詠んだのだ」

兼続は少し照れたように言った。

「そうでございますか。それにしても、このような情景は一体どこから思い浮かぶのでございましょう」

何気ないような、それでいて探るような口調でおせんは尋ねる。

「それは、まあ、私も色々人生経験を積んできたからな。書物で読んだことや、誰かに聞いた情景だとかも含めてな」

ほんの戯れのつもりでおせんは兼続に鎌をかけた。

「どこかに秘めた女人でもおられましたか」

一瞬兼続は不意打ちを食らったように目を見張ったが、きまり悪そうにおせんから目をそらすと、言った。

「……まあ、平たく言えばそういうことになる」

違う、という言葉を期待していたおせんは耳を疑った。信綱とのいきさつを知っている兼続の言葉だとは思えなかった。

「そのようなこと、わざわざ知らせていただく必要はございません」

心の動揺を隠すように唇を噛んで横を向いた。

「そなたが聞いてきたのではないか。だが、今のことではない。昔のことだ。それに、一度だけだ」

開き直ったのか、兼続は悪びれもせずに言った。

「昔でも今でも、一度でも二度でも同じでございます」

兼続はおせんをちらと見たが、弁解するわけでもなく赤裸々に話を始めた。

「昔のことだ。それは美しく、賢い姫御がいたのだ。だが私にとっては身分違いの姫であった」

京の姫だろうか。佐江という公家の娘がいたことをおせんは思い出した。

おせんは兼続の中に別人を見るようであった。結婚して二十年、ずっと信じていたのに。男とは所詮こんなものなのか。信綱の顔まで浮かんでくる。あの人もこの人も同じということか。だが失望を自尊心で隠し、おせんは顔を上げた。

「そうでございましたか」

声が震えないように注意を払う。

いつもの、おせんを気にかけてくれる細やかな兼続はそこにはいなかった。こんなにも自分の心から遠く離れた兼続を見るのは初めてだった。共に万難を乗り越え、ここまで信じあってきたと思っていたのは自分だけだったのであろうか。これまでの夫婦の生活は偽りだったというのか。しかし考えてみれば、天下の直江山城に側室の一人や二人いてもおかしくはない。でもそれならば密かに逢瀬を重ねることなどせず、そうと言ってくれた方がずっとよかった。例えそれが結ばれることのない相手だったとしても、好きな女ができたと言ってほしかった。兼続の愛情を一身に受けていると信じて疑わなかった自分の思い上がりを嘲笑われたようで、おせんはみじめであった。その昔を思い出しているような兼続の横顔に怒る気にもなれず、おせんはただ空しいと思った。

兼続はそんなおせんの方へ目を向けて、少し笑った。

「勇気があり、心の強い姫でな。凛とした姿が可憐であった。その健気さが愛しくてな。守りたいと思ったのだ」

自分を傷つけることを楽しんでいるかのような兼続の様子に、おせんは戸惑った。

「年上の姫であった。その上、人妻であったのだ」

「え、……」

「到底手に届かぬ相手であったが、諦めきれずにな」

おせんは兼続を見上げる。

「だが、世の中不思議なものよ。今こうして、我が妻となっている」

そう言って兼続はおせんを抱きしめた。

「もう。あなた様は年上の人妻にばかり懸想するのかと思いました」

こちらから仕掛けたつもりが逆に踊らされたことに気づき、ばつの悪さにおせんは兼続の胸に顔を押し付ける。

「すまぬ。戯れが少し過ぎたな。不安にさせたか」

おせんは顔をうずめたまま首を振った。

「だが、そなたが始めたのだぞ。私の方こそ驚いたわ。そなたの口から私を疑うような言葉を聞くとは思いもよらなかったからな。まあ、私の方が一枚上手だったということだ。私もなかなかの役者であろう」

兼続は笑った。おせんは口惜しさと安堵の気持ちを隠すため、兼続の胸を拳で叩く。兼続は一層強くおせんを抱きしめた。

「もう一度言ってくださいまし。どのような姫であったかを」

「言わぬ。そういうのは一度きりだからよいのだ」

恨めしそうに何か言い返そうとするおせんの口を兼続の唇が封じた。

「おせん、そなたには本当に感謝している」

おせんを見つめる兼続の瞳には、いつもの優しさが戻っていた。

「何を仰せです。私は旦那様のそばにいられるだけで幸せなのでございます。ですがあなた様、そんなにきつく抱きしめられては苦しゅうございます」

「おお。すまぬ、すまぬ」

そう言いつつ、一層強く抱きしめる兼続に、おせんはこれ以上ない幸せを感じた。

米沢の雪は春日山よりも深い。三月になってもなお雪景色が残っている。城下の普請も手が付けられないままである。その日兼続は景勝に呼ばれて城へ上がった。

「どうかなされましたか」

問う兼続に、景勝が黙って文を手渡した。菊姫からの文のようである。兼続は文の始めの方を読んで顔を上げた。

「ご病気にございますか」

「うむ。大分気が弱くなっているようだ」

景勝は頷く。

「だが、重要なのはその後だ」

兼続は続きを読んだ。


……これまで殿には私を唯一の妻として誠実に尽くしてくださいました。しかれども今こうして病を得、私にはもはや殿の子を授かり生むことが難しくなりました。この後どれほど生き永らえるかは御仏のみ知るところではございますが、この上は側室を迎えられ、上杉を安泰になされますよう。これまでの我儘、お詫び申し上げます。


兼続は唇を噛んだ。思いつめた菊姫の姿が目に浮かぶ。

「殿、ご上洛なされますか。直接お話をなさるのがよいかと」

景勝は首を振った。

「この国のこの有様でどうやって行くというのだ。文を書く。それでよい」

国情の苦しさは兼続が一番よくわかっている。それでも行けと言えないのが辛い。兼続はうつむいた。

「それはそれとして、側室の件だ。よきに計らえ」

「は。ではおせんに諮りまして進めさせていただきます」

兼続は深く礼をすると足早に屋敷へ戻った。

兼続から話を聞いたおせんは目に涙を浮かべた。

「病になられてさぞお心細いことでございましょう。お一人で悩まれてこのような決断をなされた心中を思うといたたまれませぬ。せめて私だけでも京にいればご相談相手になれましたものを」

「奥方様には南化和尚がついておられる。きっと励ましてくださっているであろう」

慰めるように兼続は言った。

「側室の件、いよいよ進めねばならぬ。おまん様には早々に米沢へ移っていただくことになろう」

「そうですね、おまん様も十七でございます。お着きになられたら、吉日をみておそばに上げましょう」

おせんは気持ちを切り替えるように言った。

「おまん様には晴れがましいことにございます。できるだけの支度を整えましょう」

「委細、そなたに任せることになるが」

「大丈夫でございます。お城の方でも受け入れの準備をせねばなりませぬ。おめでたいことですから、楽しんでいたしましょう」

おせんはようやく笑顔を見せた。

米沢に遅い春が訪れるころ、東下したおまん御料人は上杉中納言景勝の側室として米沢城へ上がった。

山々の峰にはまだ雪が残るものの、平地はすっかり緑に覆われた。柔らかな春の日差しが降り注ぐ日、兼続は米沢奉行春日元忠を伴って米沢城下に近い赤崩山（あかくずれやま）に登った。ここからは米沢の城下を一目で見渡すことができる。小高い丘に立った兼続は、はるか昔聞いた謙信の言葉を思い出していた。

「……城下町をつくるうえで、最も重要なのは水じゃ。……高台に立って、よく見ることじゃ。もともと出水の多い場所には、堤をつくらねばならぬ。そうやって水の道が整ったら、町割りをきめていくのじゃ」

必要なことは謙信が全て教えてくれていた。

「右衛門殿。堤をつくるぞ。この辺り一帯にな」

兼続は大きく腕を広げて、元忠に松川の流れを指し示して見せた。

「大掛かりな普請となる。しかしやり遂げねばならぬ。城下を守り、人が住める場所を広げねばならぬのだ」

眼下に広がる谷地河原（やちがわら）には、上流から流されてきた巨石がごろごろとしている。この石を利用して堤防を築こうと兼続は思った。

その年の冬、兼続は景勝の名代として江戸に出府した。

「おお、山城守か。丁度よかった。そなたに見せたいものがあるのじゃ。こちらへついてまいれ」

家康が得意気に兼続に見せたのは富士見亭文庫であった。家康はその財力に任せ、書籍の収集や出版活動を積極的に行っていた。慶長四年には伏見で『孔子家語』『三略』『六韜（りくとう）』など次々に開版し、伏見版と呼ばれていた。それらの書籍を文庫として整備したのである。目録には家康好みの医学書や『東鑑』『貞観政要』なども並んでいた。

「どうだ、山城。金沢文庫の蔵書とわしが伏見で出版した書籍をここに集めているのだ。戦乱の世が終わった今、国を治めるのは武力ではない。それを示すためにも、このような文庫を作ることには大きな意味がある。もっともこの先の世の学問の重要性については、稀代の本の収集家であるそなたであればようわかっておるだろうがの」

かなわぬな。

兼続は素直に認めざるを得なかった。しかしそれで卑屈になる兼続ではない。むしろ米沢に、家康のものとは一味違う自分の文庫を作り、上杉の学問所の基礎としようという気持ちを強くした。

だが、この時の家康の言葉の中でもうひとつ兼続の心を揺さぶったものがあった。

出版。

もし自分が出版するとしたら。今一番家臣や子らに読ませたいもの、みなが読むべき書物とは何だろうか。兼続は考えを巡らせながら江戸城を後にした。

米沢では石堤の普請が進んでいる。

「旦那の頭の中は一体どうなっているのであろう。これだけの城下を一からつくりなおすのに、全てに配慮が行き届いていると思わぬか。人の手配、材の手配、工法の指示。我らはただそれに従っていればよいだけだ。凡人にできることではない」

石材の運搬を監督しながら志駄義秀が言った。

「いかにも。陰陽道や方角にしても、こちら朱雀に水を欠くとして水田を開かせるとはな」

窪田源右衛門は頷いた。源右衛門も義秀と同じく直江家中の者である。

「松川に二里に及んで堤防を築き、城下の拡張と水田開発を同時に進めるとは旦那にしか思いつかぬことよ」

「この石を運ぶのも氷上を滑らせていけば、確かにずっと楽だ。雪と寒さを利用するとは、同じように雪国に育ちながら我らには考えも及ばぬことであったわ」

「これだけの大石をこれだけの数、運べるものではないと思っておったが」

「まあそれでもかなりの労力だがな」

「しかし、やらねばならぬのだ。それがわかっていて、御屋形様と共に移ってきたのだからな」

義秀は大きな石を積んで前を通り過ぎていく橇（そり）を押すのを手伝った。


慶長八年（一六〇三）二月、徳川家康は征夷大将軍となり、京都で将軍宣下が行われた。

このころ、兼続は大きな決断をしていた。

「おまつに婿を迎えるのですか。その、正木左兵衛という方を」

おせんは聞き返した。初めて聞く名であった。

「ああ。本多正信殿の次男だ」

家康の側近本多正信の次男正木左兵衛は、先ごろまで前田家に召し抱えられていたが、今は浪人となっていた。思惑はただひとつ。徳川家との強い絆を作ること。

「婿としなくても、重臣としてお招きすることはできないのですか」

「それでは徳川との結びつきが弱いのだ。家中で浮いた存在になっても困る。直江家の跡取りとし、次期執政の地位を準備することが大事なのだ」

「でも、そうすると竹松はどうなるのでございますか」

兼続は一瞬言い淀むようであったが、まっすぐにおせんを見つめると言った。

「可哀そうだが廃嫡する」

おせんは言葉を失った。しかし、それが兼続が考え抜いた末の決断であろうことはおせんにもわかった。兼続が一時は切腹まで考えたことを思うと、何も言えなかった。辛いことではあるが、命が奪われるわけではない。生きているということが大事なのだ。直江の血はおまつがしっかり繋いでくれるだろう。これで上杉家の状況が少しでもよくなるのであれば、直江家を徳川へ差し出そう。おせんはそう自分に言い聞かせた。

兼続の指示を受け交渉に当たったのは千坂対馬守であった。米沢から届いた指示書に兼続の覚悟を見た千坂対馬守は、この交渉の重要性を深く認識した。何としてもこの儀はまとめる。対馬守は本多正信に面会を申し出た。

「だが、直江殿には嫡男がいるはず。どうするつもりじゃ」

「嫡男竹松は廃嫡いたします。左兵衛殿には嫡子として直江家へ入っていただきたい」

「それはずいぶん思い切った申し出よの」

本多正信は考えた。正信自身は関ヶ原の戦いの折、徳川秀忠を補佐して江戸から東山道を通り上方を目指したものの、上田城にて真田昌幸に足止めされ、関ヶ原本戦に遅れるという失態を犯していた。次男を上杉家執政直江の家中に送り込めば、上杉家の一挙手一投足を監視できる。この役目を引き受けることは、自らの関ヶ原の失態を挽回するには好都合な策である。

「前向きに考えよう」

正信は言った。


秋、米沢城の実城におせんが出向いた。

「懐妊されたか！」

おせんの報告に、兼続は声を上げる。側室に上げたおまん御料人が懐妊したというのである。

「おめでとうございます。来年、五月が予定でございます」

景勝と顔を見合わせ頷き合う兼続であるが、気がかりなこともあった。

「奥方様にはお知らせしたものでしょうか」

「知らせぬわけにもいかぬだろう。だが、文よりも直接話した方がよいかもしれぬ。冬には上洛するゆえ、その折でよかろう」

景勝は言った。

十一月、景勝は単身上洛をした。二年ぶりに会う菊姫は驚くほどに痩せ、床に伏していた。

「この様な姿をお目にかけてしまい、申し訳ございません」

「構わぬ、無理に話さずともよい」

景勝は話をするだけで息も絶え絶えの様子の菊姫を労わった。

「でも、お久しぶりですもの、お話ししとうございます。米沢はいかがな様子ですか」

「兼続がようやっておる。上士も下士も一丸となって働いておるわ」

普段は無口な景勝も、菊姫の問いに誠実に答えていく。

「そうじゃ、おせんから文を預かっている。たいそう心配しておってな、わしと共に上洛すると言って聞かぬのを押し留めてきたのだ」

「おせんは元気にしておりますか。おまつや竹松も大きくなったことでしょう。会いとうございます」

「病が癒えればまた会うことも叶う」

景勝はおせんからの文を胸に抱きしめる菊姫を見つめていたが、やがて言った。

「おまんが懐妊した。五月には生まれよう」

菊姫は一瞬息を呑むようであったが、しばらく天井を見つめた後、努めて平静を保つように言った。

「それはようございました。これで私も安心でございます。男子でありましょうか」

「それはわからぬ。だが、男子が生まれようが女子であろうが、そなたはわしの正室じゃ。堂々としておればよい」

景勝の真心のこもった言葉に菊姫はむせび泣いた。

この冬は、京でもよく雪が降る。菊姫は侍女に障子を開けさせた。

「お寒くはございませんか」

侍女は気を遣って菊姫に問う。菊姫は大丈夫、というように首を振った。寝所に横になりながら、庭の雪景色を眺めている。京では雪が降っても、越後のように雪雲が留まり続けることはない。青空に降った雪が映え、菊姫は京都の冬が好きであった。万両の実の赤色が普段の年より冴えて見えた。

年を越えると、菊姫はさらに衰弱した。景勝は時間のある限り菊姫のそばについている。

「いつの間に咲いたのでしょう」

部屋の中へ舞い込んできた梅の花びらを見て、菊姫は言った。景勝は花びらを拾い集めて菊姫の手のひらにのせた。

「殿、お別れでございます。この花のように、私も散ってゆきましょう」

菊姫は景勝の目を見て言った。二十年という歳月を、一人京で証人として過ごしてきた。

「私はあなた様の妻として、少しは役目を果たすことができましたでしょうか」

「もちろんじゃ。礼を言うぞ」

景勝の腕の中で菊姫は微笑んだ。

それからしばらくして、菊姫は息を引き取った。武田の姫として、上杉の奥として、凛とした一生であった。その亡骸は妙心寺に葬られた。

懸案事項であった本多家との婚姻の話は兼続の思惑通りに進んでいた。

婿養子となる正木左兵衛は若いころ刃傷騒ぎを起こして徳川を出奔、関ヶ原の戦いでは豊臣方にあったが許されて前田家に仕えるという経歴の持ち主である。俸禄は一万石。前田家に仕えていたころ三万石をもらっていたのに比べると見劣りはするが、これが上杉家の現状の精一杯であった。

この結婚についておまつは茶目っ気を含んだ瞳で言った。

「お父様とお母様がお決めになったことですから。それにお母様の代から、直江家は女子が跡を継ぐことになっているのです。ずっとお父様、お母様のおそばにいられるのは嬉しゅうございます」

おせんは自分が信綱と結婚したときのことを思い出していた。兼続への思いを押し込めたあの苦しさをおまつに味わわせてはいないだろうか。父と母に気取られぬよう声を押し殺して泣いた夜のことを、おせんはまざまざと思い出した。兼続が席を外した時、おせんはおまつに尋ねた。

「おまつ、ここだけの話として聞くが、他に好いた殿方がいたりはせぬか」

おまつはきょとんとして母を見た。

「わかりませせぬ」

京での暮らしが長く、上杉家の中で突出して格の高い直江家の娘となれば、気やすく声をかけてくる若者もいないのは事実であった。自分と同じように燃えるような恋をさせてやれなかったことを少し寂しく思いながらも、おせんはほっとした。おまつにはゆっくりと愛情を深めて幸せな家庭を築いていってほしい。

「ならばよいのです。左兵衛殿をお迎えして、幸せになるのですよ」

兼続は正木左兵衛を迎えるため、京へ使者を送った。

だが、身内の中にこの縁談に納得できない者がいた。

大国実頼は京都留守居として伏見におもむいていた。かつて秀吉に目をかけてもらったことのある実頼には、ただでさえ徳川への和睦恭順は受け入れがたいものであったが、その上竹松を廃嫡してまで本多と婚姻関係を結ぼうという兄兼続の政策は徳川への売国と映った。そこまでして徳川の機嫌を取らねばならぬのか。豊臣への恩義はないのか。その思いが、婚儀の妨害という行為に及んだ。兼続が送った使者二名を殺害し、自らは高野山へ出奔したのである。

兼続にとっては寝耳に水の出来事であった。これまでも実頼が出奔するのではないかと危惧してはいたが、まさかこのような暴挙に出るとは考えも及ばなかった。実頼の気持ちもわからないではない。しかし、豊臣にしろ徳川にしろ、上杉にとっては世の安寧という義を全うするために協力する相手であり、そこには義理も恩もない。個人的には好悪はあっても、公的な上杉の立場から考えれば豊臣に対して義理立てする理由はなかった。

家中の統制を図るため、また本多家の不信を払拭するため、兼続は実頼の処分を考えねばならない。

泣いて馬謖（ばしょく）を斬る、か……。

どんなに優秀で信頼している部下でも、統率を保つためには断固たる措置をとらねばならない。たとえそれが血を分けた兄弟だったとしても、規律を乱すことは許されぬ。竹松を廃嫡することだけでも辛い決断だった。その上、実弟までも処分しなければならないのか。しかし、どんなことがあっても上杉家は守らなければならなかった。削封の責任はすべて自分が引き受ける。それは兼続の強い覚悟であった。

二日後、兼続は実頼の追放を決めた。以後米沢の地を踏むべからず。既に高野山へ出奔している実頼であるが、これで生涯の別れとなった。馬謖を斬った孔明はどのような気持ちであったろうか、そのようなことを考えながら縁先に降り立つ兼続の後ろ姿に、おせんはかける言葉が見つからなかった。

慶長九年（一六〇四）五月五日、五月晴れ(さつき)の青葉が美しい米沢城でおまん御料人が男子を生んだ。難産であったが無事に生まれた。一晩中そばについていたおせんが赤子をおくるみで包み、おまん御料人の傍らに寝かせた。

「おまん様、大役を果たされご立派でございました。おめでとうございます」

四辻家から養女に迎え我が子としておまん御料人を育てていたおせんにとって、生まれた子は孫のような存在である。

「この上はしっかりとお体をお休めになって、元気になられることです」

難産で力を使い果たしたおまん御料人には我が子を抱く力も残っていないように見える。おまん御料人は黙って頷いた。京に留まっている景勝には急使が遣わされ、景勝からは子を玉丸と命名するとの知らせが届いた。

産後の肥立ちが悪いので、おせんは日々おまん御料人の看病に明け暮れている。

「お方様の御様子はどうだ」

兼続はおせんに尋ねた。

「はかばかしくないのです。日に日にやつれていくようで、心配です」

恢復祈願のための祈祷も行われているが、効果もない。

「玉丸様をお連れする時だけ少し元気になられて、今日はやっと抱いてみることもできましたが、その後はお疲れが出たようでずっと眠っていらっしゃいました」

「そうか」

兼続もこればかりはどうにもできない。

「玉丸様はどうだ」

「それは心配ありません。すくすくとお育ちで、乳もよく飲んでおります。大分重たくなれられました。ですが、御屋形様はいつごろ米沢にお戻りなのですか」

景勝の上洛は長引いている。おまん御料人のはかなげな様子を見るにつけ、早く景勝に戻ってきてもらいたいと思うおせんであった。

「秋口になろうか」

兼続は答えた。しかし秋風の吹き始めるころ、おまん御料人は景勝の帰りを待つことなく身罷った。

景勝が米沢へ戻ったのは、おまん御料人の葬儀がすんでからのことである。

「よくやったとねぎらってやりたかったのう」

菊姫に続いて妻を亡くした景勝が珍しく感情を表に出した。

「玉丸のことだが、おせんに養育を頼みたいと思っている」

気持ちを切り替えるように景勝は言った。

「おせんしかおるまい、母代わりになれる者は。玉丸にとっても、それがよかろう。母のことを一番よく知っているのがおせんであるからな」

　自分で産んだ子ではないとはいえ、十年近くにわたり養女として育ててきたおまん御料人の逝去におせんは塞ぎ込んでいた。だが実城に呼ばれ景勝の意向を聞いたおせんは、玉丸の養育を引き受けた。

「玉丸様を立派にお育てすることが、おまん様の供養にもなりましょう」

　景勝の傍らで兼続も頷いた。

　この不幸を除けば、上杉家中は順調に家の復興を進めている。二の丸の本格的な普請も始まり、門や土塀、櫓などが整っていった。天守をつくらないため、櫓の果たす役割は大きい。

　兼続は城下の北、東、南に寺町を計画し寺院に鉄砲を配備する定めを発令した。加えて周辺各所での植林事業を手掛ける。松林に鉄砲を配することで砦として機能させるのだ。また計画中の堀立川が完成すれば有事にはこれを北寺町で堰き止め、川幅十五間の大堀とできるよう考えていた。

　閏八月には正木左兵衛とおまつの婚儀が行われた。左兵衛は景勝から偏諱（へんき）を賜り直江安房守勝吉と名乗って、おまつとの睦まじい新婚生活が始まった。

　兼続は以前上洛の折に話をつけておいた鉄砲鍛冶、近江国友村の吉川惣兵衛と和泉堺の和泉屋松右衛門を米沢に招いて、白布高湯（しらぶたかゆ）の山中で鉄砲の鋳造を始めた。同時に「鉄砲稽古定」を作成し鉄砲隊の編成と訓練を行った。兼続は長谷堂城攻めでの苦戦の原因を鉄砲の不足と考えている。同じ轍は踏まぬ。この先世の中がどう動いていくかまだ計り知れぬところである。鉄砲隊は早急に増強したかった。硝石の輸入を積極的に行うとともに、吾妻（あづま）山中に豊富にある硫黄の採掘も強化する。これらの原料を使って、自国での火薬の製造に力を入れた。

勝吉は直江家の跡取りとして家中でも認められ、次期執政の身分が保証された。不敵な物言いが人の心証を害することもあったが、田付流の砲術の心得があったので、鉄砲の調練にも師範格として稽古をつけることとなった。

「砲術の訓練は軍事機密だぞ。勝吉殿にそこまで手の内を見せてしまってよいのか。徳川へ筒抜けであるぞ」

泉沢久秀が心配して耳打ちしてきたが、兼続は、

「よいのだ。それも織り込みずみよ」

と笑って手を振った。

順調に思えた勝吉とおまつの結婚生活であったが、その年の暮れ、おまつが突然病に倒れた。

「お父様、お母様、旦那様、申し訳ありません」

おまつはかすれた声で言った。

「何を言う。まだこれからではありませんか。すぐに元気になります。弱気になってはいけませんよ」

おせんはなんとか笑顔を作って、おまつの手を握った。

「本当はもう少し生きていたかった。お父様のご本ができるのを楽しみにしておりましたのに」

兼続は一年ほど前から、『文選』の出版に取り組んでいた。家康の富士見亭文庫を見て以来、自らの手で本を出版したいという思いが強くなっていた。かつて僧侶涸轍を自身の政治顧問として招いていたことがあったが、その伝手をたどって京都要法寺の円智日性に出版を依頼した。

要法寺の第十五世円智日性は学識のある僧で、慶長五年ごろから活字を用いて多くの書物を刊行し

ている人物である。兼続はその実績を恃んだ。出版には多額の費用がかかるが、それを惜しむ兼続ではない。五千石の知行のうち多くを直臣に分け与えてしまっているが、わずかに残した私財のほとんどをこの出版に費やしてしまった。ただおせんにだけはすまぬと思っていた。新しい着物をしつらえてやるでもなく質素な生活をさせている。

「着物など要りませぬ。着古したものの方が肌に合い、動きやすいのです」

おせんは笑って言った。

「それにみなが一丸となって働いている今、私だけが着飾って奥で座っているのはおかしいではございませんか。何よりそのご本はあなた様だけでなく上杉にとって着物一枚よりもずっと価値のあるものでございましょう」

愚痴ひとつ言わず、自分の思いを受け入れてくれるおせんに頭が下がる。活字が組めた分から順に印刷をしているが、完成にはまだ時間を要した。

「もう少しで出来上がるのだ。もう少しの辛抱だ」

兼続は血の気のないおまつの顔を両手で包み、声をかける。おまつはかすかに首を振り、勝吉に視線を移した。

「旦那様、短い時間ではございましたが夫婦となれて幸せにございました。私がいなくなっても、直江の家をよろしくお願いいたします」

そして目を閉じると、それきり息を引き取った。正月七日のことであった。

おまんに続いておまつ。二人の娘を相次いで亡くしたおせんの悲しみは深かった。二人とも、まだこれからの人生であったのに。子を産み育てるという母としての喜びも知らずに逝ってしまった。おまんは景勝の子を産み、おまつは上杉と本多との縁を結び、まるでそのためだけに生まれ、生きてきたのではないかと思えるほど、自分の役目を果たしたとたんに逝ってしまった。ありがとう。あなたたちのおかげで上杉は生き延びるのです。おせんは二人の位牌を抱きしめた。

悲嘆にくれるおせんの背中をそっといたわるようにさする者がいる。十一歳になった竹松であった。

「母上、元気を出されませ。姉上の分まで私が母上を大事にいたしますから」

竹松にとっても、十歳年上の大好きな姉の死であった。その健気さにおせんは顔を上げた。

「そうですね、いつまでも泣いていては、おまつも困るでしょう」

「母上が泣くと、みなとても悲しくなります。それに、泣いてばかりでは玉丸様も困ってしまいます」

幼い息子にたしなめられ、おせんはやっと笑顔をつくってみせた。

「そうですね。母には大事なお役目があったのでした。竹松、大きくなりましたね。そなたがいてくれれば、母は安心です」

おせんは竹松を抱きしめ立ち上がった。振り返ると兼続がこちらを見ている。兼続と目が合ったおせんは、小さく頷いてみせた。

翌年五月、江戸桜田門の米沢藩邸に三歳になった玉丸が移されることとなった。三年ほど前徳川より与えられた邸地には屋敷が造営されていたのである。玉丸の養育のためおせんも竹松を連れて出府することが決まった。

「すまぬな、兼続」

出立する者たちを見送りながら、景勝は言った。

「わしに妻がないばかりに、おせんを証人として出さねばならぬ」

「それが執政の役目にございます。おせんも十分に承知しておりますれば、お気になさいますな。それにおまん様やおまつの思い出が残る米沢にいるより、心が晴れるかもしれませぬ」

景勝は頷いた。

「だがそなたも不自由であろう」

「それは殿も同じにございます」

玉丸の出府を喜んだ徳川秀忠から米沢藩邸の向かい側に新たに屋敷地が下賜された。

「新しい屋敷地だが、兼続、そなたに遣る」

景勝は言った。

「そのほうが、何かと便利であろう」

「ありがとうございます。おせんにとってもその方が楽でありましょう」

魚鱗（ぎょりん）の形をしたその土地に建てられた屋敷は鱗（うろこ）屋敷と呼ばれ、上屋敷からおせんと竹松が移り住むこととなった。

これら証人の供出と共に課せられたのが、江戸城桜田門内の石垣普請である。

「仕方あるまいの」

景勝は苦い顔で言う。こういった大規模工事は諸藩に経済的、人的負担を課し大名の力を削ぐことがひとつの目的でもあった。対外的に失敗の許されないこの普請については兼続が総監となり、万事抜かりないよう作業が進められた。米沢の経営、整備すら覚束ない上杉家であるが、外様の身である限り命じられた以上の働きをもって徳川からの信用を勝ち取るしかない。翌年には江戸城天守台の普請も命じられた。武士も百姓も、上杉の者たちは歯を食いしばって普請にあたった。

そんな中、江戸の鱗屋敷に兼続の声が響いた。

「できたぞ、おせん」

大きな箱を抱えて兼続が座敷へ入ってくる。

「何がでございます？」

「『文選』だ」

「まあ、やっと。見せてくださいまし」

兼続は得意げに箱を開けて見せた。

「立派なものでございますねえ。これで一揃いでございますか」

「ああ。全部で三十冊と、目録が一冊になった。それで一揃いだ」

「そんなにあるのですか」

おせんは感心して本に触れた。質素を通り越して粗末とも言えるような生活を送りながら、書物に財を注ぎ込む兼続のことをおせんはそれでよいと思っている。

おせんは箱の中から一冊手に取ると、おまつの位牌の前に供え手を合わせた。

「お父様のご本、やっと出来上がりましたよ。時間がかかりましたねえ」

そんなおせんの後ろ姿を眺めつつ兼続は言った。

「いよいよ文庫のことを考えねばならぬ」

「はい、楽しみでございますね」

「ああ、だがまだ蔵書が足りぬ。五山の文学だけでは不十分だ。誰かを足利学校へ差し向け写本を作らせようと思っている」

「誰かとは言っても、足利学校へ入れるのはお坊様だけでございましょう」

兼続は笑った。

「その通りだ。おせん、よく知っているな」

「はい。上杉家執政直江山城守の妻を務めるには、色々知っていなくてはならないのです。日ごろから情報収集は欠かせません」

少々得意げな笑顔をみせるおせんに自分まで力が抜けて微笑むうちに、兼続は一人の僧のことを思い出していた。

九山宗用。

以前宇都宮で同宿になった僧である。今はどこにいるのだろうか。あの時は景勝の誘いを固辞した九山であるが、もう一度頼んでみたいと兼続は思った。

米沢へ戻った兼続は、領内の普請の状況を見て回った。削封から七年がたち当初の有様に比べればずいぶんと開発が進んだが、住まいは未だ数家族が共同で過ごす不自由な生活である。それでも家中から不満の声が上がらないのは誰もが兼続の示したこの先の展望を理解しているからであった。ひと時の辛抱よ。人々の顔にはその貧困とは相反した明るさがあった。

来年になったら城下の屋敷割について調整を始めよう。兼続は思った。外堀の普請にも手が付けられそうである。城下を見回りながら城の北へ向かった兼続は、白子神社まで来て馬を降りた。この神社の西側にはいずれ用水を引く予定である。今はまだ林のその付近一帯を見回しながら、

「このあたりであろうか」

兼続は一人つぶやいた。その脳裏には新築の寺とその傍らに建つ文庫の景色が浮かんでいる。


年が明け、兼続は江戸へ出向いた。新年の祝賀のため景勝を訪ねると、五歳になった玉丸も傍らに鎮座している。

「兼続」

景勝は言った。

「竹松もそろそろ元服させてやらねばのう。景の字を与えよう。景明、はどうか」

「は、ありがとうございます。体が弱くどうなることかと思っておりましたが何とかここまで育ちました。吉日を選んで元服させたいと思います」

「玉丸も五つになった。いずれ誰かよき師につけて学問を学ばせたいと思うておるが、思案はないか」

「そうでございますなあ」

兼続は言った。

「ひとつ考えていることがあるのです。米沢に学問所をつくろうと思うのです。前々から申しており

ます通りいずれ我が蔵書を中心に、文庫を創設したいと考えております。そこに学問所を併設するのです。それを踏まえて、玉丸様にもよき師を探したいと思います」

「なるほど、それはよい」

「九山和尚に再度願い入れてみようと思っております。今は雲岩寺に戻っているとか」

兼続の心には家康の富士見亭文庫が思い浮かんでいる。まずは文庫だ。しかしそれにはまだ蔵書が足りぬ。九山和尚を招き、五山の学問だけでなく足利学校の知識も取り込んで東国一の学問所を作る。

「今年は米沢も外堀に手を付けられるかのう」

景勝の言葉に兼続は文庫の夢から現実に引き戻された。

「は、ようやくそちらにも人手を回せそうです」

「そなたが総監じゃ。頼んだぞ」

「はい」

兼続は頭を下げた。

「ところで、勝吉殿のことじゃ。おまつが亡くなってからもう四年になるが、どうするつもりじゃ」

それについては兼続も思案を重ねていたところであった。自らの政治的役割を承知している勝吉は何も言わず婿の務めを果たしてくれているが、この先も家に留まり上杉の力となってもらうにはやはり改めて妻を迎える必要があった。考えがないわけではなかった。姪の阿虎（おとら）である。実頼が出奔した後、兼続は阿虎を引き取って育てており、おまつとは従妹同士、仲のよい姉妹のように過ごしていた。おまつの死後も勝吉を義兄のような存在として慕い、おまつのかわりに世話を焼いたり甘えたりしていた。おまつが亡くなったからといって誰でもよいから代わりを宛がうというのもどうかと思ってはいたが、気が付けば四年、互いに気心の知れたよい組み合わせに思えた。この筋で考えてみるか、と兼続は思った。

「本多家とも相談して対応します。それから城下の屋敷割についてもそろそろ考えたいと思っています。御一門や大身の家臣、もともと米沢にいた者についてはできるだけ希望をいれるつもりです」

「よかろう」

一歩ずつではあるが着実に進んでいる。

「それから、殿、これより私め、名を改め重光としたいと考えております」

「重光か」

秀吉から豊臣姓を賜ったときから兼続は、公的な場合において豊臣兼続の名を使うことが多かった。このため、外交においては兼続といえば豊臣の姓がつきまとう。だがその権威も薄れた今、そろそろ豊臣色を払拭してもよい頃合いであった。

「光の字は樋口家の祖、兼光の光を取りました。重はここまで重ねてきた年月を表しています」

「そうか。わかった。だが、これまで四十年近くも兼続と呼びならわしてきたものを、急に言い換えることなどできぬ。わしは兼続と呼び続けるぞ」

「構いませぬ。そもそも私のことを兼続と呼ぶのは殿だけでございます。他の者はそれほど困りますまい」

兼続は笑った。

平川には先年日本橋が架けられ、日比谷の入江の埋め立ても進んでいる。天下普請と呼ばれる大工事により、江戸は大きく姿を変え始めている。

浅草口橋にほど近い街道筋の横町を入った先に一軒の蝋燭屋があった。その入り口の暖簾を今、一人の旅装の商人がくぐった。

「嘉助じゃねえか。案外早く戻ってきたな。上方の様子はどうだった」

声をかけたのは店主の庄蔵である。旅装を解いて座敷に上がったのはカケスであった。市井に紛れて暮らすときには嘉助という名を使っている。

「大した動きはなかった。豊臣にはもう徳川に対抗するだけの気力が残っていないのかもしれねえ」

カケスは小机の上のするめに手を伸ばした。

「トキはどうした。一緒に行ってたんだろう」

「ああ、そこの炭屋に用があるとかで、ついさっき別れた。じきに来るだろう」

庄蔵は蠟燭の束を木箱にしまいながらカケスの様子をうかがった。

「で、トキとはどうなんだ。所帯を持つ気になったか」

カケスはそれに答える様子もなく、するめをくわえたまま座敷に寝転がった。

「どうにもならねえことに縛られてたって、誰のためにもならねえよ。トキの気持ちもわかってんだろう。あれももうとっくに三十を越えちまった。一途な女じゃねえか」

「そうだな」

天井を見上げてカケスは言う。忍びとして一人立ちするようになった始めから、カケスはおせん付きとして仕事をしてきた。美しく聡明な六歳年上の女主人を慕って、そのそばを付かず離れずもう三十年以上になる。

「ここまで我慢しながらやって来たお前も偉いとは思うがな、そろそろトキの気持ちに応えてやってもいいんじゃないか」

「何を言っても無駄だよ、庄蔵さん、兄さんの心ん中にはお方様しかいないんだ。お方様以外を女と思ったことなんかないんだよ」

いつの間にか店に入ってきたトキが座敷に上がりながら言った。

「私はこれでいいんだ。こうして時々一緒に仕事をする。それで十分。大体、兄さんのこのちょっと憂いた感じが好きなんだ。陰があるっていうかさ。こんな男に惚れちゃった私が馬鹿なんだろうけどね。それにこんな商売をしてると、所帯なんて邪魔でしかないじゃないか」

半ば開き直ったトキの口ぶりに、素直じゃねえな、と庄蔵がつぶやくのをカケスは黙って聞いている。

若いころにはおせんに対し、一度でいいから思いを遂げたいと思ったこともあった。しかし身分が違うという以前に住む世界が違った。闇から明るみに滲み出したような存在、それが忍びであった。分を弁えろ、カケスは常にそう自制してきた。

兼続と張り合う気持ちなどさらさらない。例え身分の違いがなかったとしても、その容姿、学識、政治的手腕、それに人間としての器、どれひとつカケスの及ぶところではなかった。何より、おせんが少女のころから一途に兼続を思い続けているのを一番近くで見ていたのが自分であった。姫さまさえ幸せでいてくれればそれでよい。これまで何度となく自分に言い聞かせてきたその言葉を、カケスは今また胸の内でつぶやく。

カケスはやおら起き上がると、何も言わず外へ出た。道三堀に出て堀沿いに桜田門の方へ向かった。


おせんの部屋へ入ろうとして、兼続は襖を開ける手を止めた。おせんの話し声がしている。だが、客ではなさそうだ。兼続は声をかけた。

「おせん、入るぞ」

「はい、旦那様」

おせんはすぐに返事をした。兼続は襖を開けて中へ入ったが、そこにはおせん以外に誰の気配もなかった。

「誰かいたのではないのか。話し声が聞こえていたが」

「カケスでございます。しばらく京へ行っていたようで、様子を知らせてくれたのです」

「そうであったか。邪魔をしたな」

兼続は言った。

「いえ、大事なことはさほどなかったようですし、ほとんど世間話のようなものでございます。懐かしい人たちの近況など。それにしてもカケスも水臭い、姿を消すこともなかろうに」

襖越しにうかがった感じでは和やかな雰囲気のようであった。兼続に対するときは常に淡々とした調子であるカケスが、おせんと二人きりの時にはどんな表情をするのだろうかと、兼続はふと知りたいと思った。

「それで、何かご用でございましたか」

「ああ、月末に米沢へ戻る。右衛門の具合が悪いのだ。後任も決めねばならぬ。それに外堀の普請の進みも見なければならぬからな」

春日右衛門尉元忠は削封以降米沢奉行として米沢の整備を担ってきたが、このところ病が思わしくないと聞いていた。

「そうでございますか。後任は誰にするのでございます」

「蔵人(くろうど)を考えている」

「平林殿ですか」

兼続は頷いた。


それから数日して、カケスは再びおせんを訪れた。おせんの前へ出るにしては珍しく、トキを連れている。

「今日はまたどうしたのです」

おせんは興味を惹かれて口を開いた。トキの顔は見知っている。カケスが遠方へ出かけているとき、たまに用事を頼むこともあった。

「この度トキと所帯を持つことにしました」

まあ、とおせんは笑顔になる。

「それはよかった。おめでとう」

心を込めておせんは言った。

「そこで今後はそれがしに加え、トキを姫さま付きとしてお仕えさせていただきたいと考えております」

「カケスの他に、ということか。そなたに辞められては困る」

「それがし共々、ということでございます。この後徳川の奥に入り込むなどの折には、トキのような者がお役に立ちましょう」

「なるほど、確かに今後はそのようなことも必要になってくるであろう。夫婦で私を助けてくれるか」

「はい、何なりとお申し付けください」

トキも頭を下げる。おせんは頷いた。

「これからもよろしく頼みますね」

二人に向かって微笑みかけるおせんである。

「こうして二人並んでいるのを見ると、なかなか似合いの夫婦ですね。何かお祝いをしなくては。欲しいものがあればそれにするが」

「祝いなど、勿体のうございます」

カケスは恐縮して言った。

「遠慮はいらぬ。そなたは幼きころよりずっと私に尽くしてくれているではないか。もはや身内のようなもの。特にこれというものがなければ、私の方で考えましょう」

　おせんは楽しそうに考えを巡らせた。


「昼間、カケスが参りました」

　その夜、おせんは兼続に報告した。

「珍しくトキを連れてきたのです。何かと思ったら二人、所帯を持つのだそうです。それで今後はカケスに加えてトキも私付きとして仕えさせたいと挨拶に来たのです」

　兼続は杯を持った手を止めた。意外であった。

　カケスがずっとおせんに思いを寄せていることを、兼続は結婚当初から知っていた。それは男の目には一目瞭然のことであった。立場を弁えよく働くカケスを疑ったことはなかったが、おせんを取り巻く男の一人として気にかかる存在ではあった。そのカケスもようやく気持ちに区切りをつけたということか。

「何か祝いを考えようと思います。欲のない者たちです。形に残るものより、心に残るようなものの方がよいかとも思うのです」

　おせんは思案顔である。

「そうか」

　兼続は言った。おせんはカケスの心に気づいたことはないのだろうか。おせんに聞いてみたい気もしたが、兼続は黙って酒を飲んだ。

# 歌堯

慶長十四年（一六〇九）は明るい兆しが見えてきた年であった。

兼続と勝吉の奔走の甲斐あって、幕府への十万石分の役銭を免除されることが決まった。これまで江戸城の石垣や天守台など様々な普請に駆り出されてきたが、今後これらの負担の三分の一を免除してもらえるということは、加増されたと同じくらいの喜びであった。それでもまだまだ苦しい領国経営ではあるが、人々の顔が徐々に明るくなっていくことが兼続には何よりも嬉しかった。ありがたい、これで堀立川の開削を始めることができる、と兼続は思った。

懸案事項となっていた勝吉について、兼続は出奔した実頼の娘、阿虎を自らの養女とし、改めて勝吉と娶せた。

目出たいことは続いた。

本多正信の媒酌で景明の婚儀が整った。相手は近江膳所（ぜぜ）城主、戸田氏鉄（うじかね）の娘である。氏鉄は家康の直臣であり、この娘と縁を結ぶということは本多家の他にもうひとつ徳川とのつながりを持つということであった。

先方からは婚礼の調度品として蒔絵の器や化粧箱など豪華な品々が届けられた。

「立派な支度でございますな。返礼品はいかがいたしましょうか」

直江家の家宰である渋谷永重（ながしげ）が問うてきた。

「特別立派に仕立てる必要はない。普段のままを返せ。返礼品のつり合いがとれぬと言って破談となるようであればそのような婚儀は端から無用だったということ。武士は暮らしは質素であれ、武具刀剣が磨かれていればそれでよいのだ」

景明の婚礼は江戸鱗屋敷で執り行われた。

「ようやっと独り立ちですね。立派になったことです」

生来病弱である景明を大事に大事に育ててきたおせんである。息子の晴れの姿に感慨も深い。

「父上、米沢の様子はいかがにございますか。町も大分整ってきたと聞いております」

米沢は城下の屋敷割が定まり、家臣の住宅事情がようやく落ち着いてきている。松川の水を城下へ引くための堀立川と薪を上流から運び込むための木場川の開削も始まった。この用水が完成すれば、暮らしももっとよくなる。その一方で兼続は贅沢や、遊び怠ける者に対して懲罰を命ずる触れを出し、領民の気が緩むのを引き締めた。

城下町の周囲、原方に屯田兵として入植させる下級武士には、屋敷の裏手の土地を整地し、宅地や畑とすることを命じた。そして畑にはまず深く土を掘り起こさなければ育たないゴボウを植え、土地を農業に適したものに改良すべきこと、生垣にはウコギを植え食用とし、その他実のなる木々を屋敷内に植えて食糧不足を補うことなど詳細にわたりきめ細かく指示を出した。

「家臣、領民とも最低限の暮らしは成り立つようになってきた。だがまだまだこれからだ。用水の開削は始まったばかり、水田だけでなく青苧や紅花、漆などの栽培も大いに奨励していかねばならぬ」

父の話を聞きながら、景明もできることなら米沢へおもむきその政策の実行を自らの目で見て学びたいと思ったが、兼続は首を振った。

「そなたの役目はこの江戸で幕府との関係を深めることだ。領国の経営についてはいずれゆっくりと話を聞かせよう」

兼続は米沢三十万石において、実高五十万を考えていた。そのためには換金作物の栽培を奨励し、金銭収入を増やすことが必要であった。兼続は越後時代のように、青苧を収入源にできるのではないかと思っていた。問題は、今米沢で栽培されている青苧の質があまりよくないことである。気候的には問題はなさそうだが、土壌が適さないのかもしれない。

米沢へ戻ると兼続は一握り足元の土をつかみ取り、それを舐めてみた。幼いころ、相撲を取ったり喧嘩をしたりするたびに土にまみれ、知らず知らずのうちに土の味を覚えた。長じて越後を離れ各地で戦をするようになると、土地ごとに土の味が違うことに気づいた。今、舌に感じるざらっとした米沢の土は越後の記憶に重なる味である。この土なら育つはずだ。ならば、あとは育て方の問題である。そう確信した兼続は越後から青苧の優良な品種を取り寄せ領民に栽培方法を教えた。

松川の流れを堀立川へ流し込むための取水口となる、猿尾堰（さるおぜき）の普請に手を焼いていると米沢奉行平林正恒が知らせてきた。普請奉行が責任を感じて切腹したという。

「切腹せよとは言うておらぬ！　あの辺りは水の流れが速いのだ。普請が難航することくらいわかっておる」

兼続はやるせない声を上げた。

松川の中流は流れが速く難工事になることは想定内であった。しかしこの堰ができなければ米沢全体の水利計画が成り立たなくなるのである。何としても完成させなければならない堰であった。

「木場川の方の堰はどうなっておる」

「人手が足らず、なかなか進められずにおります」

「武士でもよい、動員せよ」

「かしこまりましてございます」

「よいか、今後切腹は一切禁止。みなに周知せよ」

翌日兼続は猿尾堰の現場に足を運んだ。ここは城下へ水を送るための要の地である。

「焦らずともよい。ひとつひとつ、慎重にな」

兼続は作業に駆り出されている百姓たちに声をかけた。堰上げのため、ひし形の木枠の中に柴で包んだ石を入れ川底へ沈めていく。この工法を猿尾留というため、この堰は猿尾堰と呼ばれていた。

「蔵人」

兼続は平林正恒を呼んだ。足元の大石を指し示して言う。

「この石に『龍師火帝』の文字を刻んでくれ。文字が見える程度に刻めばそれでよい。それをこの堤の地中深くに埋め、米沢の守りとする」

龍師火帝の文字は漢字を学ぶための書『千字文』の第十九番目の語句である。龍師は風雨を司る水神、火帝は火の神、農業の神でもある。兼続は水害がなくなること、農業が振興することを願い、僧に祈祷させてからこの碑を地中に埋めた。

翌年五月、兼続は景勝と共に江戸へ出府した。徳川秀忠の御成りが伝えられたのはそれからすぐのことである。兼続は本多正信の指南を仰ぎ、六月から御成り御殿の普請を始めた。上杉が徳川への臣従を決めてから十年、この御成りは上杉の恭順を再確認するためのものでもあった。

兼続は正信の指示を的確に実行していくため、江戸へ詰めている。打ち合わせのため江戸城に上がっていた兼続は帰りがけ、正信に引き留められた。

「景明殿も所帯を持ち、すっかり落ち着いたようであるな」

「は、お陰を持ちまして睦まじく過ごしているようです」

「そこでだ。そろそろ勝吉を返してもらえぬかと思ってな」

戸惑う兼続に、まあ話を聞けと手振りで示して正信は続けた。

「昨年役銭の免除が決まった。此度は御成りじゃ。この御成りが無事にすめば徳川と上杉の絆はひとまず揺るぎのないものになろう。勝吉がおらずとも上杉はやっていける。勝吉がもらっている俸禄一万石は上杉にとっては重い負担であろう。これを返上させ上杉から放出するのは、上杉にとっても良策であると思うが」

正信の言うことは、兼続の思うことでもあった。一万石で勝吉を抱え続けることが財政的に苦しいことは間違いがなかった。それにもともと一万石以上で召し抱えられるだけの力を持っている勝吉である。いつまでも上杉に置いておけないとも感じていた。徳川との繋ぎができた今、勝吉を本多へ帰すことは確かにひとつの策ではあった。

「あれにもまだ使い道があるようでな。徳川とのよしみを強くしたい者は上杉だけではないからのう」

どこかから引き合いが来ているということであろう。

「どちらへ」

「内々のことであるからして詳しくは言えぬが、御成りを終わらせ来年にはという話でな」

「そういうことであれば、こちらもお引止めはできませぬ。ただ、阿虎のことをどうするかと思いますが」

最近子ができたことが判明したばかりの阿虎のことを兼続は心配した。

「形としては一旦本多へ戻してからの士官になるため、士官先で落ち着いてから呼び寄せるというのでどうだ。家臣もそれなりにつけてやればよい」

それなりの家臣を養えるだけの俸禄ということであろう。石高に対して養う家臣が多すぎる上杉にとっては、より条件のよい士官先を探し転職させてやるのも必要なことであった。何人かでも勝吉と阿虎に従わせ、それでその者たちが今よりもよい生活ができるようになるのであれば悪くはない。何よりも、景明を再び直江家の嫡男とすることができるのだ。兼続は正信の言葉をありがたく受け取った。

「何をしておいでなのです？」

兼続がもう何日も寸暇を見つけては書斎に籠って書き物をしているので、おせんが気になって覗く

と、

「軍法を記しているのだ」

兼続は筆を置き伸びをしながら言った。

「戦のための心得や修練の方法、戦術などについて私の知るところ、考えるところをまとめている。この先戦乱の世が治まっていけば若い者たちの多くは実戦を知らずに育つ。景明もしかりだ。戦をせずにすむのはよいことだが、それでは有事の折に武士としての役目を果たすことができぬ」

「そうですね、ここしばらく大きな戦も起こらずにおりますから、初陣の期が来ぬまま過ごしている者も多くおりましょう。そのような時代の中で藩士を育てることも、旦那様の大事なお役目なのですね」

「そうだ。だから上杉の軍法をここに残しておかねばならぬと思ってな。いずれはこれも文庫の蔵書とし、後世へ引き継いでいくべきものだと思っている」

おせんはびっしりと漢文が書かれた紙の束を見て言った。

「でもあまり根を詰めるとお体に障りますよ」

「そうだな、では少し休むとするか」

兼続はそう言って立ち上がり、庭先へ出た。

「九山和尚様はいつまで足利学校へいらっしゃるのでございますか」

おせんも縁まで出てくる。雲岩寺の九山和尚は兼続の再三にわたる懇請に応じ、数年前から足利学校で写本の作成を行っていた。

「今しばらく時間がかかろう。その後も、京の妙心寺へ行ってもらいたいと思っておるからな」

「では、気長に待つといたしましょう」

おせんは笑って部屋を後にした。

十二月、桜田邸に御成り御殿が落成した。兼続は本多正信に、諸事問題がないかどうかの検分を頼んだ。

「ご苦労でありましたな」

正信は真新しい柱を撫でながら言った。

「万事問題はなかろう。御成りは二十五日と決まったが、玉丸殿も出迎えられるのがよかろう」

「は、かしこまりましてございます」

「玉丸殿は幾つだったかのう」

「七歳にございます」

「うむ。上様は御成りの席で、お名前を下されるおつもりじゃ」

「は、かたじけのうございます」

「山城守」

「何でございましょう」

「あれから、十年であるな」

兼続は正信の次の言葉を待った。

「あのまま上杉と戦をしていたらどうなっていただろうかと、未だに思うことがある。そなたも、十年たったとはいえ腹の内には様々な思いがあるであろうな。だがよくここまで上杉の舵取りをしてきたものよ。米沢も驚くほどの発展ぶりと勝吉が知らせてきておる」

兼続は顔を上げて正信を見た。

「跳ね返りの我が次男坊はそなたの養子となり、すっかりそなたに惚れ込んでいるようじゃ。そなたの表裏なき生き方があれにはよい学びとなっているのであろう」

正信は感慨に耽っているようであった。

「安寧の世を作ることが上杉の義であると、あの時そなたは申したな。そして三十万石への削封を甘んじて受けた。六千人もの家臣をそのまま引き連れてどういう料簡かとも思ったがな」

「あの時、和睦を勧められたのはなぜでございましょう」

「さて、なぜだったかな」

正信は瞳の奥で笑った。そして続けた。

「その後に開ける徳川の治世に、上杉のような家が必要だと思ったのだ。それに上杉を、いや、そなたを敵に回したくはなかった」

鱗屋敷へ戻った兼続が物思いに沈んでいるように感じたおせんは、着替えを手伝いながら聞いた。

「本多様の検分は無事に終わられたのでしょう」

「ああ、問題はなかった」

「ならば、どうされたのです」

兼続はほっと息を吐いた。

「いや、少し考えていたのだ。これが最善の策であったのだろうかとな。もしあの時自害していたら……」

「あの時自害なさっていたら、今上杉はなかったでしょう」

おせんが後を引き取って断言した。

「私も含め、残された者はひどい目に合っていました。今こうして玉丸様のお世話をして私が先のことを考えていられるのも、あなた様が生きていてくださったおかげなのです。旦那様は上杉家六千人の家臣とその家族を救ったのでございます」

「大袈裟だな」

兼続は苦笑した。

「大袈裟ではありませぬ。確かにこの十年、みなとても苦労しました。でも誰も不満を漏らさなかったのは、旦那様の示した道筋をみなが自分のものとし、そこに希望を見たからでございましょう」

おせんは兼続を見つめた。検分で何があったかは知らないが、十年という節目に、来た道を振り返っているのは間違いなさそうである。

「これまで通り、前を向いて歩きなされ。誇り高く」

兼続は頷いた。

「そなたと話をすると、心が休まる」

「それはようございました。家は休む場所でございます」

おせんは笑顔で言った。

「それにしても、景明まで御成りの臨席を許されるとは、名誉なことでございますね」

「景明を直江家の跡目とすることを幕府が認めているということであろう。この後も直江家を上杉の執政として位置づけるという、徳川の意向の表れだ。この御成りは何としても成功させねばならぬ」

御成りの日の朝はおせんは大わらわであった。玉丸の支度を完璧に終えると鱗屋敷へ戻り、兼続、勝吉、景明の支度を手伝った。

将軍秀忠の御成りはつつがなく執り行われた。この日の参列者は厳しく制限されており、景勝、玉丸、直江家の男子の他臨席が認められたのは重臣である千坂伊豆守と本庄出羽守だけであった。御成りの席で玉丸は秀忠から千徳の名を賜った。

「おせんはどこじゃ」

御成りを終えて一同と共に奥へ戻ってきた千徳はおせんの姿を見つけると駆け寄った。

「上様がセントクという名を下された。おせんの『せん』と同じだ」

「まあ」

おせんは思わずその無邪気な千徳を抱きしめた。おまん御料人が生きていたら、どんなに喜んだだろうか。

「どのような字を書くのでございますか」

「それはな」

千徳はぐっと返事に詰まると、助けを求めるように景勝を振り返った。

「千手観音の千と、功徳の徳じゃ」

景勝は言う。

「千手観音の千と」

勢いよく言ってから、千徳は空を見つめて何だったかなという顔をした。

「功徳の徳」

景勝に再度教えられて、

「クドクのトクじゃ！」

意味がわかっているのだかいないのだかしれないが得意げに復唱する千徳の様子に微笑みながら、おせんは頷いた。

「千徳様、よい名でございますね。おせんの『せん』とは字が違いますが」

「そうなのか」

「はい、おせんの『せん』は『船』でございます。千徳様の千の字はたくさんの数を表す字でございます。千徳様はその名のように、これからたくさん徳を積まれて、御屋形様のようによき上杉の主となれるよう精進なされませ。ご立派にお勤めを果たされましたね。せんは誇りに思います」

「でも、大そう疲れたのじゃ」

緊張がほどけて、おせんに甘えたい千徳であった。

「では、お召し替えにいたしましょう」

連れだって部屋を出ていくその姿は、仲睦まじい母子のようであった。

「まこと、母のない千徳があのようにまっすぐに育つことができるのも、おせんのおかげであるな」

景勝は、そばにいる兼続に言った。

「今日の千徳君は、実にご立派でございました。将軍の目通りに叶い、次代としても公認となりました」

「あの時のことを思えば、よくぞここまで立ち直ったものよのう。上杉を絶えさせてはならぬとその一心で走り続けてきたが」

「はい。外様なりに相応の立場を得ることができました」

兼続は頷いた。その胸中にも万感の思いが沸き起こっている。


慶長十六年（一六一一）、米沢に夏が巡ってきた。堀立川から引かれた用水によって田には水が張られ、水面には盆地を取り巻く山々の姿が映し出されている。

「義父上」

勝吉は居住まいを正して言った。

「近々米沢を去り、本多へ戻ろうと考えております」

「いよいよか。寂しくなるな」

「直江家を去っても、義父上は私の義父上でございます。この縁は生涯切りたくないと思っております」

兼続は勝吉の目を見て言った。

「それは嬉しいことだ。本当に今まで世話になり申した。今後も益々活躍されることを祈っております」

　本多へ戻ることが決まった勝吉に対し、兼続は新しく名前を贈った。本多安房守政重。政の字は正信を意識して、その下に重光の重を置いた。

「どうであろう」

　兼続は政重に聞いた。

「ありがたき幸せでございます。上杉を離れても義父上の子であることを誇りとして過ごせましょう」

　政重は畏まって答えた。それから数日後、政重はしばし離れて暮らすことになる阿虎に見送られ、米沢を去っていった。


　再び嫡男に戻った景明はしかし、その秋眼病を患った。

「平八様のご様子がおかしいのでございます」

　妻のお芳が心配しておせんのところへやって来た。

「昨夜から違和感があると仰せだったのですが、今朝になりましたらとてもひどくなっていて」

　慌てて景明の部屋へおもむいたおせんは驚いた。景明の眼は真っ赤に充血し、周囲は腫れているようにも見える。目を開けるのも辛そうなその様子に、おせんはすぐさま医者を呼んだ。

「どうしたことでしょう」

「わかりませぬな」

　医者は首を傾げた。

「とにかく、あまり目を使わぬことじゃ。これよりひどくなるようであれば、失明も覚悟せねばならないかもしれぬ」

医者は景明の目を包帯で覆った。

「きれいな布で、毎日取り換えること。熱を持つようであれば濡らした布を当てがいなされ」

お芳は事細かに手当の方法を尋ねている。

「湯治などはどうでしょう」

「それもよいかもしれませぬな。ただ、この辺りに眼病に効くという湯治場がどこにあるか、あまり聞いたことがないが」

医者の言葉に、おせんは途方に暮れた。


……どこかよい湯治場はございませぬか。


おせんは兼続に景明の病状を伝え、湯治場を探してほしいと急ぎの文を送った。

景明の容体は悪化の一方のようであった。始めのうち目の周りだけ熱を持っていたのが、次第に体全体が発熱するようになった。このままでは失明するかもしれぬ。おせんの心配は極限にあった。

おせんが湯治場を探していると聞いた出入りの行商人が米沢にほど近い吾妻山のあたりによい湯が沸くらしいと教えてくれた。

「昔から鹿や猿などが浸かっていくといって、山伏らの間では密かに知られている泉だと聞いたことがあります」

「よくぞ教えてくれた」

兼続のもとへ、おせんからの文を携えたカケスが急行した。兼続は早速その辺りの探索をカケスに命じた。

「確かに吾妻山系の板谷の辺りに泉があります」

数日して戻ったカケスは兼続に報告した。

「では、案内してくれ」

カケスの先導で薮をかき分けるようにして山道を登ると、やがて薄（すすき）の群生した先に湯煙が立ち、滾々（こんこん）と湧き出す泉が見えた。兼続は湯に手を浸しその感触を確かめると、掬い取って舐めてみた。それから立ち上がると小高い丘の上に登り、泉全体を見渡した。

「五色の湯と呼ばれている泉でございます。かつてこの泉から立ち上る湯気が五色に見えたとか」

カケスは言った。兼続は頷く。

「五色の湯煙か。よいであろう。ここに湯治場を作る。カケス、働きづめですまぬが、おせんのもとへ戻りすぐに景明を米沢へ移すよう伝えてくれ」

秋が深まっている。雪が降りだす前に湯治場を作り、景明を移動させねばならなかった。

江戸ではすぐさま出立の準備が整えられた。景明には侍医と妻のお芳も従うこととなった。

「くれぐれも無理をせぬ様に、疲れたら休みながら行くのですよ」

お芳に手を引かれ籠に乗り込む景明におせんは声をかけた。

「お芳殿、よろしく頼みますね」

そして、脇に控えているカケスに言った。

「よいか、道中何か急なことがあったらすぐに知らせるのです。米沢でも江戸でもどちらでもよい。近いほうへ」

「御意」

カケスは頭を下げると、景明一行に従い門を出ていった。

景明は米沢へ着くと、完成したばかりの五色温泉で治療に専念した。湯治の効果はすぐにはわからなかったが、病が進行するわけでもなかった。やがて半年を過ぎるころから徐々に快方へ向かいだした。


……こちらは山の雪も解け、桜が見ごろとなりました。


景明からの文を受け取ったおせんは胸をなでおろした。文が書けるところまで回復したということである。景明はなおしばらく静養を続けるということだが、もう心配はなかった。

米沢城の実城には上杉謙信の祠堂が新たに完成した。これまで実城の一隅に安置されていた謙信の御遺体はここに移され、今後はこの祠堂が米沢の象徴となる。これより十か月ほど前、兼続は景勝とこんなやり取りをしていた。

「謙信公の祠堂を新たに作る。移封当時のままでは見栄えが悪い。米沢の心のよりどころとなるような立派なものに作り替えよ」

景勝は言った。

「よいのでございますか」

兼続は言う。

「確かにこれまで、我らは謙信公の威光を頼りに、その後継者として政を行ってきました。新たに祠堂を建て直すということは家臣にも改めてそれを印象付けることとなりましょう。ですが米沢藩の藩祖は殿でございます。謙信公の跡を継いで三十四年、殿は押しも押されもせぬ米沢初代藩主でございます。今はそれを打ち出していくこともできましょう」

「よいのだ。わしは謙信公の後を追ってここまで来たにすぎぬ。謙信公が掲げた義の心、それこそがこの後受け継がれていくべきものである」

「かしこまりました。では早速手はずを整えます」

景勝らしいと兼続は思った。

堀立川の竣工に引き続き、木場川の普請も着実に進んでいる。鬼面(おもの)川からの水を取り入れるための堰は百姓の人手が足りず直江自分衆を中心に普請にあたらせたため帯刀堰(たいとうぜき)と呼ばれた。この川の用途は農業用水、生活用水はもちろんのこと、上流の田沢や簗沢(やなざわ)などで伐採した薪用木材を城下へ流すことであった。それがようやく整おうとしている。

「それ、流し込め」

奉行の掛け声に合わせて、春先に伐採され、夏の間乾燥させていた木材が鬼面川に投げ込まれた。

鬼面川を流れ下った木材は帯刀堰で木場川へ入り、吹屋敷（ぶきやしき）の木場に上げられた。待ち受けていた人々は歓声を上げて、木材を屋敷へ運び込む。米沢の冬を越すため、薪は必要不可欠である。それぞれの家で薪を割る音が賑やかに聞こえてきた。ここ何年も少ない薪を倹約しながら使って何とか寒さをしのいできたが、これでようやく冬の寒さから身を守ることができる。吹屋敷で様子を見守っていた兼続は、感慨無量であった。木場での木揚げを担っている若者たちが交替で焚火に当たり体を温めている。極寒の川の中での作業は過酷を極めた。

「これでこの冬みなが凍えずにすむ。そなたらの頑張りのおかげだ」

兼続は一人一人に声をかけて回った。声をかけられた若者らはみな、厳しく危険な作業でも任せられる独身の男たちである。その若者たちを見ながら兼続はふと、八年前厳寒のころに亡くなったおまつのことを思い出していた。もっと前にこの薪があれば、おまつも生き永らえていたかもしれなかった。父の仕事が遅くてすまなかったな、と兼続は心の中で詫びた。

慶長十九年（一六一四）は春先から天候不順が続いた。

江戸詰家老の千坂伊豆守から知らせが届いている。方広寺の鐘銘を巡って、豊臣と徳川の対立が抜き差しならないものとなっているようだ。関ヶ原の戦いから十四年、徳川が真に覇を唱えるためには豊臣との決戦は避けられないものであった。家康が自らの存命中に白黒つけようとすることは容易に想像ができた。

「大坂攻めもいよいよ現実的となってきたようです」

兼続の報告に景勝は頷いた。

「この戦、上杉の名誉回復のため、何よりも慎重に対応せねばなりませぬ」

「ぬかりなく準備をいたせ」

「御意」

早速兼続は農民に対し未納の年貢を完済することと、今年の年貢の早期収納を指示した。遠征先で兵糧の調達ができないことを見越しての対応であった。東海道と畿内は度重なる大雨と洪水の被害が甚だしく米の不作が予想される上、方広寺の一件以降大坂方が米を買い占めているという情報を得ていたのである。

大坂と江戸との緊張が高まる中、十月二日、景勝は米沢を発し江戸へ出府することとなった。ところが下野鍋掛まで来たとき、景勝は江戸からの千坂伊豆守の飛報を受け取った。徳川からの西国出陣命令である。景勝はその場から米沢に急使を送った。兼続にその知らせが届いたのは十月八日のことであった。

景勝は急ぎ江戸へ入ると、江戸在番の者だけ連れて上方へ先発することにした。ただし景明は兼続を待って出立することとなった。

「そなたはこれが初陣、くれぐれも無理をせず父上のおっしゃる通りにするのですよ」

体の弱い景明を気遣っておせんは準備を整える。

「母上、心配なさいますな。御屋形様をお守りし、直江の名に恥じぬ武功を立ててまいります」

景明の凛々しい姿に、ここまでよく育ったと胸に迫るものを感じるおせんである。

兼続は米沢にあって、留守中の仕置きと戦支度に奔走している。千坂伊豆守からは遅れを心配する文が届いていた。徳川の一大遠征に際して他国に後れを取ってはおおごとである。兼続は準備の整った部隊から順に江戸へ向かって出立させた。

江戸には兼続が率いる総勢五千の上杉軍が集まった。

「父上、お待ちしていました」

景明はようやく江戸へ入った父の姿を認めると、嬉しそうに声をかけた。

「伊達様が一万八千もの大軍を率いて江戸をお立ちになっていたので、心配していたのです」

兼続は頷く。

「少し間が悪かったが、もう大丈夫だ。そなたはこの後はこの父と行動を共にせよ。よいか、此度そなたが学ぶべきは戦の実践とそれをどのように差配するかということだ。直江家の跡取りとして御屋形様と父の動きをよく見ておけ」

「はい」

景明は意気込んで答える。そんな景明の肩に手を置くと兼続は言った。

「そなたは体が弱い。だから無理をせずともよい。その代わりに、頭をしっかりと働かせるのだ。よいな」

景明は頷いた。景明の体力を考えると実戦で何人もの敵に対するのは無理であろうと兼続は思っていた。

「父上、上杉の鉄砲隊は見事でございますね」

「おお、そうであろう。米沢で鋳造させた鉄砲六百八十挺に大筒は五十挺だ。これだけの火器を持っている家はそうあるまい。道具だけではないぞ。撃ち方も鍛錬を積んできているからな。まあ見ておれ」

兼続も息子の前では得意げである。

ゆっくりとする暇もなく、十六日、兼続は再び江戸を発つ。

「いってらっしゃいませ。ご武運をお祈りいたしております」

おせんとお芳に見送られ、景明も兼続に従った。

五千の兵を率いて東海道を駆け上がった兼続は藤枝の宿で景勝に追いついた。

「待っておったぞ、兼続」

景勝はほっとしたように言った。

「それにしても、道中の宿所の手配など、さすがの手際であるな」

上方への軍勢がこぞって東海道を進む中、五千の兵の宿所を早手回しに抑えていく兼続の手際のよさは、他にはまねのできないものであった。この戦に臨むに際して景勝は徳川に対して起請文を提出していたが、徳川の身になれば会津征討で敵対し今なお東国一の軍事力を誇る上杉は何かひとつ歯車が狂えば脅威ともなる存在である。兼続はそのあたりの上杉の微妙な立場をしっかりと理解し、意識していた。最上攻めの後服従してから、初めての大戦である。家名存続と名誉回復のため、完璧な対応が求められていることを痛いほどに承知していた。

「此度の戦については、仔細に至るまでそなた以外の者に任せることはできぬ。頼んだぞ」

景勝の期待に応えるべく、兼続は情報収集から戦略の立案、事細かな事務手続きに至るまで一切を自ら取り仕切った。

十一月下旬、大和川南岸の鴫野(しぎの)に布陣した上杉軍は翌日出撃命令を受けた。北岸の今福には佐竹軍が陣を構えている。早朝佐竹軍と連携して前進し豊臣方の第一防衛線である一の柵を破ったが、昼前になり城方から木村重成、後藤基次が豊臣秀頼の親衛隊と共に今福側に出張ってきた。佐竹軍はずるずると後退している。

正午ごろ上杉軍の前面にも大野治長、渡辺糺(ただす)らが一万二千の軍勢を向けてきた。

「先陣の須田隊が押されております！」

「右翼から水原隊に銃撃させよ。須田隊を支えるのだ。同時に第二陣の安田隊は横槍を加えよ」

的確な戦法で豊臣方を押し返すと、続いて景勝は佐竹軍救援の指示を出した。

「黒金殿は急ぎ葦の茂みに大筒と鉄砲五百挺を潜ませてくれ。水原の鉄砲隊と連携して集中射撃を行え」

兼続は指示を与えた。

鴫野・今福の戦いはこの戦いでの緒戦であり絶対に勝たねばならぬ戦であった。上杉家はその役目をきっちりと果たし、関ヶ原以来の名誉の回復を遂げたのである。

「父上、見事な采配でございました」

夕刻、景明が兼続のそばにやって来た。兼続は本陣の床几に座ったまま考え事をしている。景明は兼続と共に後陣であるため、激しい戦闘には参加していない。しかし一通りの武装をした体が辛そうであった。

「水原殿が張った鉄砲の弾幕は、ものすごい威力でございました」

「ああ、そうだ」

兼続は頷いた。

「あそこまで鍛錬を積んだ鉄砲隊は、他にはありませぬ。みながそう言っておりました。馴れたる雀の子を呼ぶが如しと。これも、父上の作り上げた上杉の軍なのでございますね」

その景明の言葉の中に、自分はこの父を超えられるだろうか、超えずとも、同じくらいの働きができるようになるのであろうかという自信のなさを感じ取りながら、兼続は考えている。戦乱の世を終わらせるために戦をするという矛盾の中でずっと生きてきたが、豊臣が滅亡すれば、そののち徳川に立ち向かう勢力はなくなると思われた。これを最後の戦とする。そうせねばならぬ。

「体のほうは大丈夫か」

兼続は聞いた。

「はい」

景明は言ったが、無理をしていることは兼続にもわかっていた。

「景明、この戦を最後としよう。そのために我らは戦う。そうやってもう何年も父はやって来たのだ。安寧の世を作る、それが上杉の義である。戦は父の時代でしまいだ」

「はい」

景明は父が言うことの意味がわからずにいるようだった。

「そなたが武装せずともよい時代がもうすぐ来るということだ。だが景明、安寧の世を作るには、戦を終わらせるだけでは不十分だ。わかるか」

景明は少し考えた。

「民政、でございましょうか」

兼続は頷く。

「誰も飢えることなく、凍えることもなく、心豊かに暮らせる世にするまでにはまだまだ長い道のりがあろう。徳川とのよい関係を維持していくことがその基盤となる。そなたや母上が江戸にいる意味がそこにあるのだ」

「はい」

「無理はせずともよい。上杉家の筆頭家老としてそなたが果たさねばならぬ役割は山ほどあろうが、何もかもを自分でやろうと思うな。うまく人に仕事を振り分ける術を身につけよ」

体の弱いことを負い目に感じている景明を思いやる兼続の言葉であった。


豊臣氏との和睦が成立し、上杉軍が上方から江戸へ戻ったのは年が明けてからであった。しかし景明はこれまでにないほど疲弊し、鱗屋敷についたとたん倒れた。

「無理をするなと言っても、過酷な戦場で消耗するのは必定。やはり耐えられなかったのでしょうか」

おせんは気をもんであれこれ世話を焼くが、見るからに重篤な様子に不安が募る。将軍家からも医者が遣わされたが、よくなる兆しはなかった。

「五色の湯へ湯治に行かせてはどうでしょう」

以前眼病が快癒した湯である。おせんは藁にもすがる思いで言った。

「しかし、この上江戸から米沢への旅路に耐えられるだろうか」

景勝が寄越した医者も、手の尽くしようがない様子である。

「こののち益々体力がなくなるかもしれません。湯治へ行くのであれば、今が一番よいでしょう」

おせんも兼続も一縷の望みをかけ、景明を五色の湯へ向かわせることにした。景勝と兼続の米沢帰国に従って景明も江戸を発つ。兼続は景勝の許しを得て、五色の湯まで景明に付き添った。

「ゆっくりと養生せよ。今は己の体のことだけを考えておればよい」

「はい」

景明は力ない語気ではあるが、しっかりした口調で言った。

「病が癒えましたなら、しばし米沢に留まり、父上のお働きの様子をこの目で学びたいと思っております」

「よい心がけだ。そなたが戻るのを待っておるぞ」

兼続は景明の肩をそっと抱くようにしてから米沢へ向かった。

家康が再び大坂へ軍を向けたのはその夏のことである。上杉家も従軍したが、今回は京都の守備をするに留まった。堀を埋められ裸城になった大坂城の攻略には、もはや上杉家の鉄砲を必要とするまでもなかった。

六月に米沢へ帰国した兼続からおせんに景明危篤の急報がもたらされたのは、七月のことであった。整備されたばかりの奥州街道を夜を日に継いでおせんは米沢へ向かった。ここ何年も乗ったことがなかった馬を駆り、残暑の中をひた走る。この身と代われるものなら代わってやりたかった。景明、景明、と何度も心の中で呼びかけながらおせんは馬を駆った。

「姫さま、白河の駅で馬を替えねば持ちませぬ」

従うカケスがおせんに近づいて声をかけた。おせんは頷いた。

「休んでいかれますか」

おせんの体を気遣ってカケスは言った。しかしおせんは首を振った。カケスは空を見上げた。雲行きが怪しくなっている。

「嵐になるやもしれませぬ」

「構わぬ。このようなところへ留まってはおられぬ」

新しい馬に乗り換え北を目指す。降り出した雨と風が強まる中、景明に会いたい一心だけがおせんを支えていた。

五色温泉にたどり着いたおせんを戸口で出迎えたのは兼続であった。

「待っていたぞ、おせん」

「景明は」

おせんの問いに兼続は寂しい目をして口を閉ざす。おせんは兼続を押しのけるようにして座敷へ上がった。

襖を開けたおせんが見たものは、既に息を引き取った景明であった。

「景明……」

小さく言って、そのままおせんは失神した。

「おせん！」

後から座敷に入ってきた兼続は、すんでのところで倒れるおせんを抱き留めた。

「しっかりせよ、おせん！」

その声に、中間や小者が駆けつける。

「床を敷け、早く」

兼続の命にお芳の侍女が走り去った。兼続はおせんを抱き上げると奥座敷へ運んだ。

江戸から駆け続けてきた疲労もあるのであろう、おせんはなかなか目を覚まさなかった。兼続はおせんのそばにじっと座っている。会わせてやりたかった。その無念さを噛みしめている。眠っているおせんを見つめながら、二日前、最後に景明と交わした言葉を思い出す。

「父上の跡を継ぎ、直江家の役目を果たしていくつもりでしたが、このようなことになり申し訳ありません」

「何を言う。気の弱いことを言うな」

「でも少し、ほっとしております。直江山城守の息子であることは、私には少し重荷でもありました」

「そのようなことはない。天下は徳川に定まったのだ。前にも言ったであろう。これまでとは違う、新しい治世となる。体の弱いそなたでも、十分にやっていける世の中になったのだ」

兼続は景明の手を握った。

「私の年のころ、父上は何をなさっていましたか」

兼続は少し思い出すようにして答えた。

「ちょうどそなたの母と夫婦になったころだ。直江の名跡を継いだばかりのひよっこであったぞ。くちばしが黄色かったわ」

兼続は笑ってから言った。

「景明、焦らなくてもよいのだ。父と比べる必要もない。時代が違うのだ。求められているものも違うのだからな」

景明は頷いた。兼続は言った。

「間もなく母上も来る。母上を悲しませてはならぬ。今一度、元気になるのだ」

「母上、会いとうございます」

それが最後だった。

おせんがうなされている。額の汗を拭ってやり、兼続はおせんの手を取った。直江家の今後のことを考えねばならなかった。直江か樋口の縁者を養子に迎えるべきか、それとも。

おせんが目を覚ました。しばらく朦朧としているようであったが、やがて身を起こすと、景明、と呼んで探すように辺りを見回した。はっと息を呑み立ち上がろうとしてふらつくのを、兼続が押し留める。

「もう少し横になっていた方がよい」

おせんは兼続にすがりついた。

「間に合わなかったのでございますね」

崩れるように膝をつくおせんを兼続は抱きしめた。

「一度持ち直したようにも見えたのだが、おとといの朝、亡くなった。最後まで意識ははっきりしていてな。母上を悲しませてはならぬと励ましたのだが」

兼続の腕の中でおせんは泣いた。

ひとしきり泣いた後、おせんは景明と対面した。

……おまつの分まで母を大事にすると言ってくれたではありませんか。母はこれからどうすればよいのです。

何を言っても返事をしない景明の前で、時間が止まってしまったかのように身動きもせずおせんは座り続けた。

「おせん、明日には葬儀をせねばならぬ。この暑さだ。幾日も置いてはおけぬ」

兼続は声をかけた。おせんが来るまでせめて葬儀だけでも待ちたいと、兼続は手を尽くしていたのだった。おせんは黙って頷いた。そのまま景明と共に一夜を過ごした。

翌朝、棺に納められた景明の顔にそっと手を触れたとき、おせんは景明の声を聞いたような気がした。

……泣いてばかりでは玉丸様も困ってしまいます。

十一歳の竹松の声であった。

そうですね、母には大事なお役目があったのでした。心を強く持たなくてはなりませんね。

その命が燃え尽きたことを、たやすく受け入れることはできない。しかしおせんは立ち上がった。

景明の法要の後、兼続とおせんは子らの万年塔の前で手を合わせた。おまつ、景明。子らに先立たれた悲しみは、冷たい石のようにしんと胸の底に沈んだ。

お父様、子供たちを育て上げることができませんでした。直江の名を継ぐ子がいなくなってしまいました。みな、よい子たちでしたのに。

おせんは心の中で亡き父景綱に語りかけた。しばらくうつむいていたおせんであったが、やがて顔を上げた。

お父様、でもせんは泣いてばかりもいられません。あの子たちの分まで、千徳様を立派に育てなければならないのです。

「おせん」

「何でございましょう」

兼続は立ち上がりながら言った。

「直江家のこの後のことだが」

兼続は墓に目を向けたまま話し始めた。

「跡継ぎのこと、どうするかと思ってな」

おせんは黙って聞いている。

「そなたが直江の名を惜しむのであれば養子を考えないでもない。だが、私の後、執政の役を継がせるつもりはない」

兼続はおせんの方へ向き直った。

「戦乱の時代こそ、力を一極に集中させ、迅速で強力な政が必要だった。こうして徳川の世となった今、もはや執政の職は不要なのだ」

「そうでございますね」

兼続が言おうとしていることがおせんにはわかった。少し考えてから、自分の言っていることを自分自身に理解させるように、おせんはゆっくりと言葉をつづけた。

「執政直江家は多くの家臣を召し抱え、家中で一番の大身でございます。直江家を廃絶し、禄を返上することが我が家の最後のお勤めかもしれませぬ。みなの暮らしを楽にするためにも、直江家は私と旦那様で最後にいたしましょう」

「すまぬ」

兼続は詫びた。

「景明を強い体に産んでやれなかった私が悪いのでございます。あなた様が詫びることではございませぬ。本当に病気ばかりであの子にはかわいそうなことをしました。直江の家のことはお気になさいますな。この上、誰かを養子に取ってまで家を保とうとは思いませせぬ」

おせんは言って寂しそうに笑った。兼続はおせんの肩を抱いた。

「米沢も大きな町になりましたね」

おせんは話題を変えるように言った。おせんにとっては玉丸と景明と共に江戸へ出府して以来、九年ぶりの米沢であった。

「少し歩いてみるか」

「はい」

おせんは兼続と馬を連ねて赤崩山に登った。

「米沢の様子は、ここからが一番よく見えるのだ」

「ここが米沢の見晴らし台なのですね」

おせんは辺りを見回して言った。

「松川の堤がよく見えます。よくこれだけの堤ができましたね」

「みなの努力のおかげだ」

「稲穂もよく実っているようでございます」

兼続は頷いた。

「文庫はどの辺りにつくるのですか」

「ここからは少し見えにくいが、あの辺り、城の北西に土地を確保しているのだ。行ってみるか」

「はい」

白子神社の脇に通された堀立川を渡り、兼続が案内した場所はまだ木々が立ち並ぶ林であった。

「ここを整地して寺と文庫をつくるのだ。上杉の学問所とする」

「景明は暇さえあれば『文選』を読んでおりました。あなた様に似て学問好きでございました」

「ああ、いつだったか一揃え欲しいと言われ、送ったことがあったな」

「『文選』は評判が高うございますね」

「大御所は政治や医学に関する本の蒐集や出版に力を入れているようだが、私のはそれとは違った方向であるからな。文を書き、詩を書く時の手本となるものだ」

「文化や芸術に心を配られるあなた様ならではのものでございますね」

「しかし、手持ちが残り少なくなってきた。機会あらば再版したいものだが、そうなるとまた財を投じなくてはならぬ」

「構いませぬ。お好きなようになされませ。財を残す必要もないのでございます」

兼続は複雑な顔をしておせんを見たが、小さく笑って言った。

「そうであるな。だが、それならば、他の物を出版してもよいかもしれぬ」

「はい。ぜひそうなされませ」

その足で兼続は景勝のもとへ出向いた。景明の死後政務もままならない状態であったのを詫びねばならなかった。

「殿、この度の景明の葬儀については丁重なお計らいをありがとうございました。おかげさまで一区切りつきましてございます」

「おせんはいかがしておる」

「千徳様の御養育をするという役目があることで気が紛れているようです。早々に江戸へ戻ります」

「そうか」

「殿、直江家のこの後のことにございますが」

景勝は黙って兼続の目を見た。

「我らをもって断絶といたします」

「それでよいのか」

「はい、おせんとも相談して決めたことです」

景勝はしばらく何かを考える風であったがやがて一言、

「そうか」

と言った。

元和二年（一六一六）正月、江戸の千坂伊豆守から家康が病に伏したと知らせが届いた。

「大御所もいよいよ危ないようであるな」

文に目を通した景勝は言った。

「は、おせんも早めに見舞いをするのがよいと言ってきております」

「駿府へ出向くか」

三月、景勝は兼続を伴って駿府へ出向いた。城下は見舞客で混雑しているようだったため、手前の江尻で宿をとった。城へ見舞いの希望を伝えたが、日時については追って連絡するので宿で待つように言われた。

「この分では、いつ見舞いに登城できるかもわからぬな」

「そうでございますな。みな考えることは同じ、徳川家に対して粗相のないようにとだけ思っておりますので」

そこへ、駿府城からの遣いが来たという。

「本多正純殿のご使者でございました。七日に見舞いに上がるようにとのことにございます」

対応した兼続は景勝に報告した。本多正純は正信の長男であり、兼続が養子としていた政重の兄であった。

「案外早かったのう。政重殿の口添えでもあったかの」

「そうかもしれませぬ。駿府へ出向く旨は知らせてありましたので」

四年前に直江家を去った本多政重は加賀前田家に仕えている。約束通り阿虎と子を呼び寄せ、その後も兼続との交流を欠くことはなかった。

病床の家康は景勝と兼続が来たのを知ると、身を起こした。

「よく来てくれた。中納言には話をしたかったのじゃ。それに山城ともな」

小姓に背中を支えられ、家康は言った。

「因縁のある間柄ではあったが、その後十五年、よく徳川を支えてくれた。あの大坂の陣での、水原殿の鉄砲隊は見事であったな」

家康は思い出すように言った。

「米沢三十万石であれだけの鉄砲隊を組織するとはのう。上杉にしかできぬことじゃ」

景勝と兼続は黙って聞いている。

「あの時、小山から兵を返して、わしは命拾いをしたのであろうな。まあ、わしの判断が正しかったということだがのう。上杉と正面から戦わずにすんで、今更ながら三成には礼を言わねばならぬ」

それぞれにあのころへ思いを馳せる。

「たくさんの者の命の上に、今の安定があることを忘れてはならぬ。この後も秀忠のこと、よろしく頼みまするぞ」

駿府から江戸へ戻った兼続を追って、家康の側近金地院崇伝（こんちいんすうでん）から文がいた。蔵書の問い合わせであった。

「『律令』と『群書治要』をお持ちなら貸していただきたい」

出版のための校合をしたいのであろう。兼続の蔵書には家康も一目置いていた。兼続が辞した後思い出し、金地院に問い合わせるよう指示を出したに違いなかった。

「『律令』はないが『群書治要』はあるので早速お送りしましょう」

これが兼続と家康との最後のやりとりとなった。翌四月、家康は七十五歳の生涯を閉じた。

その二か月後、後を追うようにこの世を去ったのは本多正信である。徳川の世の礎を作った家康、正信の死はひとつの時代の終わりを告げるようであった。

「お方様、幕府から御遣いの方がお見えです。お方様にご用事とかで」

キヨが呼びに来た。

「私に？」

何事かと思い主殿へおもむくと、顔見知りの吏僚である。おせんは下座に座り頭を下げた。

「本日は、おせんの方へ上様より御時服（じふく）が下されましたのでお届けに上がりました」

時服とは将軍から家臣へ下される衣服のことである。もともとは家臣への給与を補うものとして下されていたものだが、秀忠がおせんへというのは幕府がおせんを上杉の主要人物として認識しているということの表れであった。

「私が御時服を賜るのですか」

「上様よりの御言付けでございます。この後も昵懇に、とのことでございます」

おせんは恐縮した。

「ありがたくお受けいたします。お礼は改めてさせていただきます」

使者が帰ると早速キヨがそばへ寄ってきた。

「天下の将軍様から御時服を頂戴するなど、さすがお方様でございますねえ。二枚もございますよ」

景明亡き今、江戸にあって米沢との架け橋となっているおせんの働きは、上杉にとっても徳川にとっても重要なものであった。幕府もそのことは十分に承知していたのであろう。時服を手に取るおせんは、自分が役目を果たせていることを確認してほっとした。

「旦那様にもお伝えしておかねばなりませぬ。お礼を言っていただかねば」

おせんは早速筆をとった。


兼続は先年から知己の僧九山を足利学校に学ばせていた。私財から金百枚を与え、その後は京都妙心寺にも向かわせ、多くの漢籍の写しを作ってくることを頼んでいたのをこの度呼び戻したのは、新しい寺を開山させるためである。

「おお、戻られたか。お待ち申していたのだ。早速だが寺の敷地を見てもらいたい。もう縄張り図も描いてあるのだ」

兼続は九山を新寺の予定地へ連れていった。木々は切り倒され整地が進んでいる。兼続は懐から縄張り図を取り出すと、あちこち指し示しながら説明をした。

「ここに本堂を建てる。文庫はこの辺りだ。ゆくゆくは学問所となる館もつくるつもりだ」

寺の名は禅林寺と決めてあった。文庫は禅林文庫である。かつて南化玄興から預かった三史、自ら開版した『文選』をはじめ、朝鮮戦役で持ち帰った古活字本などあまたの書籍を蔵書とする。

その年の十一月、禅林寺、禅林文庫が落成した。本山は京都花園妙心寺、開基は景勝、開山は九山和尚である。

曲がりなりにも学問所の講義が始まったその日、小雪のちらつく中を兼続は一人禅林寺を訪れた。寺の本堂の方からは論語の素読をする子らの声が賑やかに聞こえてくる。平和な時代の象徴のようなその声を背に、兼続は文庫の戸を開けて中に入った。そこに収められた本の背に手を触れながら、奥へと進む。紙と墨の匂い、そして静寂。一冊一冊が自ら集めた書物であり、執筆したものであり、出版したものである。

兼続は宋版三史を手に取った。南化玄興にこれを託されてから会津へ転封となり、その後米沢へ削封となった。移転の度に最上級の丁重さでもって運び込んだ書物である。

……これは国の宝である。上杉だけのものではない。もしもあの時上杉が滅んでいたら、この三史も今ごろはどこかへ散逸していたかもしれない。こうして文庫の中に収めることができてようやく肩の荷が下りた。

兼続は独り呟いた。

片隅の文机の前に座り、兼続は筆を取った。思いを巡らしてから書き付けていく。ふと立ち上がって書棚から持ってきたのはかつて南化玄興かもらった『文鑑』の原本である。普段使いにしている自分で手写したものは今日は屋敷に置いてきていた。書き終えて『文鑑』を元へ戻す。得も言われぬ満足感がそこにあった。

卓錫神祠霊地隣　卓錫す　神祠霊地の隣
講筵平日絶囂塵　講筵平日　囂塵を絶す
禪林寺裏枝枝雪　禪林寺裏　枝枝の雪
認作洛西花園春　認め作す　洛西花園の春と

ようやくこんな日が来た。兼続は大きく息を吸い込み、吐き出す。ほっとするひと時がそこにあった。

## 惜別

三月、兼続は景勝に従い江戸におもむいた。

「禅林文庫はどのような具合でございます」

兼続を迎えたおせんは一番に文庫の話を聞きたがった。

「おお、それはよい文庫でな、すべて私の思い通りのものになった。日々の講釈も始まっておる。学問を学ぶ若い者の声が辺りに響くのはよいものだ」

「あなた様の思いの詰まった文庫でございますね。私も見てみとうございます」

嬉しそうな兼続の様子をおせんは微笑んで見つめた。

間もなく徳川秀忠が上洛するにあたり景勝は供を命じられた。このころ、兼続は口には出さないが体の不調を感じることが多くなっていた。しかし兼続も共にという秀忠の意向を汲んで兼続は上洛した。

将軍の先触れとして京に入った景勝は勧修寺(かじゅうじ)に宿泊した。景勝と食事を共にする兼続は膳に向かったが全くと言っていいほど食が進まない。

「いかがした。そなたが食べぬとはよほどのことか」

さすがに景勝も兼続の気配が普段と異なることに気付いている。

「面目ございません。少し疲れが出たようにございます」

「汁ものくらいは飲め」

景勝に無理に進められて、兼続は椀に口をつけた。しかし、一口飲んでそれきりである。

「いつから具合が悪かったのだ」

兼続はそれには答えなかった。

「もうよい、部屋に戻って休め。そなたに無理をさせるとおせんに叱られるでな。後で医者を遣わす」

翌日も兼続は辛そうであった。床に就いたままの兼続に景勝は白湯を注いで言った。

「よい、上様が上洛されるまでにはまだ間がある。それまではゆっくり休んでおれ」

「殿に白湯をいただくとは」

「そのようなこと、気にするような仲ではなかろう」

兼続が病に倒れて一番困るのが景勝である。兼続の病がただの過労でないことは医者の見立てでも明らかであった。

月末になって秀忠が上洛した。このころには兼続も一通りの政務に携われるまでに回復していたが、景勝はあまり用事を言いつけないようにしていた。今日も景勝は秀忠に従って御所へ参内しているが、兼続には寺で待つように指示をした。

朝からの雨が止んだので兼続は寺の庭に出た。京の暑さは昔と変わらない。池のほとりの梅の木にたくさん実った青梅は露に濡れその姿を水面に映していた。

兼続は池に沿って歩く。見ごろを迎えた蓮の花が水に浮かび、涼しげに咲き乱れている。このところ体のだるさは無くなってきたが、嫌な感じで咳が出るようになった。特に明け方や夕刻に咳の発作に悩まされることが多くなっていた。

気が付けば齢六十である。景勝と共に歩み始めて五十年以上がたっていた。常に自分をそばに置き、どんな状況にあっても自分を疑うことなく全幅の信頼を寄せてくれる主景勝である。このような主に仕えることができた幸運をしみじみと噛みしめる。早く治さなければ。兼続はそう思った。

兼続が上洛したことを知って、方々から句会の誘いが来ていた。丸一日外出することには体力的に不安があり誘いのいくつかは断ったが、社交の場であり貴重な情報交換の場でもある以上、上杉の存在を示すためにもすべてを断るわけにはいかなかった。無理をして外出した翌日は床に伏し、体を休めた。

妙心寺に菊姫の墓参りに行く景勝に従ったのはお盆の十五日であった。かつて足しげく通った寺であるが、今そこに南化玄興はいない。時の移ろいは早いものである。秀吉に臣従して初めて京を訪れたころ、あれはまだ二十代であった。それから三十余年がたった。聚楽第の華やかさは今はもうない。豊臣の時代とは違った京の賑わいがそこにあった。

その夜は中秋の名月であった。兼続は部屋へ戻ると、久しぶりに韻書を開いた。以前おせんが作ってくれた外箱は今も大事に使っている。韻書の隣に『文鑑』を並べた。南化玄興が記してくれたものを自ら手写したものである。双方とも使い込まれ、読み込まれ、すっかり兼続の手に馴染んでいる。

独在他郷憶旧遊
非琴非瑟自風流
団団影落湖辺月
天上人間一様秋

独り他郷に在りて　旧遊を憶う
琴(きん)に非ず瑟(しつ)に非ず　自(おの)ずから風流
団団の影は落つ　湖辺の月
天上人間(じんかん)　一様の秋

静かな心持ちが、詩作に現れる。こんなに穏やかな日が来るとは、戦に明け暮れていたあのころは思ってもみなかった。やっとここまでたどり着いたか、と兼続は満月を見上げて思った。


九月、景勝は帰途についた。

「兼続、無理をしているのではないか」

馬の背で苦しそうにせき込む兼続を心配して景勝は声をかける。

「少し休んでいってもよいのだぞ」

「いえ、少しばかり休んでも同じでございます。馬に乗っていられるうちに進めるだけ進みます」

道中気を抜けば、もう先へは進めない気がする兼続である。ひたすらおせんの待つ江戸へ帰りつきたかった。多摩川を越え、ようやく江戸へ入った時には、兼続の消耗は極限に達していた。鱗屋敷に倒れこんでから三日ほど、兼続は高熱を出し意識も遠のくような容体であったが、数日して落ち着きを取り戻した。

「殿、申し訳ございませぬ。しばしお暇をいただきたいと存じます」

見舞に訪れた景勝に、兼続は詫びた。

「構わぬ、しっかりと休め」

景勝は自らの侍医を兼続のもとへ遣わせた。徳川秀忠も幕府の御典医を差し向けるが、どのような処方も効き目があるようには見えなかった。体力の衰えは止めようもないようだった。

小春日和の暖かな日のことである。

「今日は少しお顔の色がよいようでございますね」

おせんが床の間の花を生け替えに行くと、兼続は身を起こして庭を眺めていた。

越後や米沢はこの季節、もうすっかり冬景色であろうが、ここ江戸はまだ秋の気配すら残っているようである。

「鬼灯（ほおずき）です」

おせんは艶のある橙色の鬼灯を兼続に見せた。兼続は微笑んでそれを眺めていたが、やがて言った。

「おせん。そなたには、本当に世話になった」

兼続の言葉に花生けに向かっていたおせんは振り向いた。

「何をおっしゃるのです。ついの別れのようではござりませぬか」

しかし兼続は穏やかに続けた。

「そなたを初めて抱きしめた時のことを思い出していた」

「いつのことでございます。婚礼の時のことでございましたか」

「いや、それよりもずっと前だ」

おせんは花を生ける手を止めて考える。

「あのころから、私がやりたいと思っていたことや叶えたい夢は悉くやらせてもらってきた。そなたを妻とし、幸せな人生であった」

上杉の政を一手に担い、中央の政治においても名だたる大名たちに交わり、一人陪臣の身にあっても堂々と渡り合ってきた。天下の文化人たちと巡り合い、真綿が水を吸うように知識と教養を身につけ、国の宝となる書物を託された。米沢の町を一から作り上げ、念願の文庫を創設することもできた。そして何よりも、おせんを妻とし共に歩むことができた。

「いいえ、まだやり残していることがありましょう」

兼続はおせんを見つめる。

「学問所にございます。禅林文庫はまだできたばかり。学問所もこれからにございます」

ああ、と兼続は笑った。

「学問所は確かにこれからだが、それはよいのだ。未熟なものとはいえ形を整えることはできたからな。それに、何かひとつくらいやり残しがあったほうが、またこの世に生まれてこようと思えるではないか」

「おやめください、そのようなこと」

おせんは兼続のそばに寄ると、手を取った。

「そのようなことをおっしゃられては困ります。私を一人にしないでくださいまし。それに、あなた様がいなければ御屋形様にご不便がかかりましょう」

「それだけは申し訳なく思っているのだ」

兼続はため息をついた。

「さあ、少し休まれませ。白湯でも淹れてまいりましょう」

おせんが話を切って立ち上がろうとするのを兼続は引き留めた。

「今ひとつ、言っておくことがある」

仕方なくおせんは座りなおした。

「私の葬儀のことだ。なるべく質素に執り行うこと。戒名も最低限のものでよい。よいか、いつもの私らしく送ってほしいのだ。いつも言っておろう、衣服は着るに足ればそれでよい。食べるは腹が満たされればそれでよい。葬儀もあの世へ行けるだけのことをしてくれればそれ以上のものは不要だ」

おせんはわかったというようにひとつ頷くと、固く唇を引き結んで部屋を出た。


将軍秀忠が名医をさし越し、景勝も加持祈祷を行わせたがその甲斐もなく、兼続はその年の十二月十九日、景勝とおせんに見守られ江戸鱗屋敷にて息を引き取った。乱世にあって決して人を裏切らず、自ら大名となるだけの器でありながら、景勝を信じ敬い上杉のために捧げた一生であった。その一途な生きざまと教養の高さは太閤秀吉を魅了し、将軍家康も一目を置いた好敵手であった。兼続の死を悼み幕府は銀五十枚を贈った。

兼続の本葬は遺言通り、米沢で質素に執り行われた。

「直江公の御法名にございますが」

林泉寺の僧が参列している家臣一同に語りかけた。

「『達三』の文字を入れてはどうかと考えております。公は詩、文、武の三つにおいて優れておわした。並の者には届かぬ域に達せられておりました。それで『達三』」

「それはよい。旦那にぴったりじゃ」

「しかしそれだけでは足りぬだろう。いくら質素にといっても」

「何かこう、旦那の人となりを表すものがもうひとつないものかの」

「智恵じゃ。わしらになくて旦那だけが持っていたもの。旦那はほんに頭がよかった。何でも知っているだけでなく、その知識の使い方もよく心得ておられたからのう」

「そうだ。そしていつも上杉とこの米沢のためにその智恵を使われた」

「では『全智』と加えましょう。人間の智を越え神仏の智にまで達した人物ということじゃ」

達三全智居士
これが兼続の法名となった。

「本当にこれだけでよかったのか」

葬儀のすんだ後、景勝はおせんに言った。

「これでよいのでございます。旦那様はきっと最後まで家中の者たちに質素倹約の範を示したかったのでございましょう。みなに法名を決めてもらえて、喜んでいるに違いありませぬ」

おせんは位牌に刻まれた文字を手でなぞった。

「本当に、欲のない人でした。常に質素倹約に努めながら、世のためになることなら私財も惜しまず投じました。遺品と言えば武具と本だけでございます」

「兼続らしいのう。あやつにとっては、書物が何よりの宝であったな」

景勝は頷いた。

景勝はおせんと共に赤崩山に登った。

「だが、考えてみれば、この米沢の町そのものが兼続の遺品ともいえよう。今もこの町のそこここで兼続が差配をしているようじゃ」

　そこはかつて兼続が米沢の都市計画を立てるために登った場所であった。

「戦乱の世に多くの家が滅亡していった中で、今こうして家名を残し外様といえども三十万石を有する大名として幕府の信任を得ているのは、ひとえに兼続のおかげであるとわしは思うている。あの時のこと、自ら腹を切るとわしのところへ詫びに来た時のことを覚えておるか」

「はい。ついこの間のような気もしますし、遠い昔のことのような気もいたします」

　あの時から、兼続の米沢との格闘が始まった。

　ここから見る米沢の町に、かつての小さな町の面影はない。目の前に広がる田畑は堀立川と堤防によって生み出されたものであった。それにより増産された農産物と青苧をはじめとする換金作物とを合わせると、今その実高は五十万石、兼続の掲げた目標値に達していた。

「ほんに、やると言ったら必ず成し遂げる男であったな。兼続は何度もここへ登って、普請の進み具合や調整すべき点を確認しておった。ここにいれば、いつかまた兼続に会える気がするのう」

　ここは米沢の見晴らし台であった。ここで待っていればいつか兼続が通りかかる、おせんもそのような気がした。はるか昔、春日山の見晴らし台で兼続を待っていたころのように。

「そうでございますね」

　答えたおせんは、遠い目をした。夕日を受けた松川がきらきらと光を反射させていた。それは自分と兼続を隔てる川の流れであった。あの川の向こう岸、そのどこかに兼続はいる。だから、きっとまたいつか。

亡くなる三日ほど前の晩のことである。

眠っていた兼続はふと気配を感じて目を覚ました。

「おせんか」

「はい」

おせんは微笑んで言った。蠟燭の明かりに照らされたおせんがそれは美しく見えた。

「今夜はお床を共にさせてくださいませ」

兼続の隣に布団を敷くと、おせんは横になった。

「そなたは幾つになっても変わらぬな。美しさも昔のままだ」

兼続はおせんを見つめて言った。

「何をおっしゃいますか」

おせんは若い娘のように恥じらって目をそらせた。燭台の灯影が障子に揺らめいている。何か言いたいことがあるはずなのに、言葉が浮かんでこない。そんなおせんの心を知っているかのように兼続は言った。

「そなたと語り合いたいことはまだまだあるが、もう、別れのときだ」

兼続の言葉に何か言えば泣いてしまいそうで、おせんは唇を噛みしめた。兼続の布団の中へ潜り込み、兼続に寄り添う。閉じた目から涙があふれだすのを止めることができなかった。

「泣いているのか」

兼続はしばらくおせんの息遣いを感じていた。それから少し体をずらすと、おせんの髪に手をやり撫でた。ゆっくりと、何度も撫でた。

「次は、この次はいつ、お会いできるでしょう」

おせんの問いに兼続は微笑みを浮かべた。目を閉じると、昔と変わらぬ花の香りがした。

織女惜別

二星何恨隔年逢
今夜連床散鬱胸
私語未終先洒涙
合歓枕下五更鐘

二星何ぞ恨まん　年を隔てて逢うを
今夜床を連ねて　鬱胸を散ず
私語未だ終わらざるに　先ず涙を洒ぐ
合歓枕下　五更の鐘

完

# あとがき

これ、負けたって言います？　負けてませんよね？　そもそも戦ってないじゃないですか。戦ってないんだから負けてない！　けれど、負けてあげたんです、徳川に。大人なのです、上杉は。

「……ここで我らが頭を下げれば、乱世が鎮まる」

しれっと言ってみました。歴史を知る人からすれば、負け惜しみの悪あがきにしか聞こえないかもしれません。でも、この思い、この言葉がこの作品を生んだひとつの原動力でありました。

定説では関ヶ原の戦いにおいて上杉は西軍に位置付けられ、敗者として米沢三十万石に削封となったとされています。でも、それが私には何とも腑に落ちませんでした。

そんな私を勇気づけるように、歴史を研究する諸先生方は近年新しい研究成果を次々と発表してくださっています。

・石田三成との盟約はなかった説
・直江状、来るなら来いなんて言ってない説

・革籠原で防塁なんてちっとも作ってなかった説
・神指城は数年かけて完成させる予定の壮大な城で、家康迎撃用じゃなかった説

一方で、これまで兼続の見せ場だと思われていたこれらのエピソードがことごとく本当じゃなかったとすれば、じゃあ結局直江兼続は何をやったのでしょうか？

兼続に魅了され兼続について調べを進めた挙句、その結論が、時代に流され上杉家を三十万石に没落させただけの人、というのではあまりにも残念すぎます。ちょっと待って、何か違う、と諦めの悪い私の心が言いました。それに、ただそれだけの人が智将として四百年の後まで名を残すでしょうか。

そして思ったのです。戦国時代に終止符を打ったのは、実は上杉ではなかったか、と。

乱世を鎮め、上杉家をソフトランディングさせた上杉景勝と直江兼続。敗将の暗さはそこには見当たりません。その決断の時、兼続はどんなこと考えていたのか。それを私なりに描いてみたいと思いました。

おせんのことについても触れさせてください。

最初の夫、信綱が急逝して二か月もたつかたたないかのうちに、おせんは兼続と再婚しています。

戦国時代の常識というものを私は持ち合わせませんけれども、いくら状況が切迫していたとはいえ、おせんにとってこれはもう、非常に乱暴な処置だったのではないかと思います。その時おせんは何を思っていただろう。それがこの作品を書くもうひとつの原動力でした。他人事として見れば、新しい夫は将来有望な若者で、しかもイケメン！　でも、それですますことのできない心情がそこにあっ

たと思うのです。それを丁寧に描きたかった。そして、おせんと兼続がどのように手を携えながら乱世を生き抜いていったのかを書きたいと思いました。

直江兼続と出会ってから、はや四年が過ぎました。

兼続とおせんの影を追って、あちこち旅もしました。

その中でも、一番心惹かれたのが米沢でした。私にとって縁もゆかりもないはずの土地なのに、それを懐かしいと感じたのは、不思議というよりむしろ自然なことでした。米沢の町から西明寺の森を振り返った時、帯刀堰から木場川の流れをたどった時、谷地河原の石堤の上にたたずんだ時、きっとこの風景を兼続も見ていたに違いないと思えたのです。

直江兼続は、景勝とおせんがいなければ存在しませんでした。それを一番強く感じていたのは兼続自身だったのではないでしょうか。上杉に捧げた一生と、おせん一人を妻とした生涯がそれを物語っている気がします。

太閤秀吉の遺品として兼続が拝領した長船兼光（おさふねかねみつ）（後家兼光）の大太刀は、兼続の死後おせんから景勝へ献上されました。この太刀は、三人が戦国の世を生きた証として、今なお東京・丸の内の静嘉堂文庫美術館で当時と変わらぬ輝きを放っています。そして同時にそれは、兼続、景勝、おせんをつなぐ、唯一今に残された物として、私の胸の内にひとすじの静かな光を投げかけたのでした。

そのようにしてこの物語はできあがりました。

ひとりよがりに書きたいことだけ書いたようなこの作品を、世に出しても大丈夫だと評価してくださった郁朋社の佐藤様、そしてこの本を最後まで読んでくださったみな様に、末筆ながら心より感謝を申し上げます。ありがとうございました。

令和六年五月　久が原にて

# 参考文献

## 著書・論文等

伊東潤　乃至政彦『関東戦国史と御館の乱』洋泉社　二〇一一年
今福匡『直江兼続』新人物往来社　二〇〇八年
今福匡『「東国の雄」上杉景勝』ＫＡＤＯＫＡＷＡ　二〇二一年
遠藤英『直江兼続がつくったまち米沢を歩く』二〇一四年
小和田哲夫『戦国大名と読書』柏書房　二〇一四年
木村徳衛『直江兼続伝』慧文社　二〇〇八年
黒田基樹『戦国大名』平凡社　二〇二三年
高橋伸幸『戦国の合戦と武将の絵事典』成美堂出版　二〇一七年
内藤昌『江戸の町　上』草思社　一九八二年
西川幸治『京都千二百年　下　新装版』草思社　二〇一四年
野村研三『直江兼続の漢詩　花に背いて帰る』米沢御堀端史蹟保存会　二〇一六年
花ケ前盛明編『直江兼続大事典』新人物往来社　二〇〇八年

福島県文化振興財団編『直江兼続と関ヶ原』戎光祥出版　二〇一四年
藤井讓治編『織豊期主要人物居所集成　第二版』思文閣出版　二〇一六年
島森哲男「直江兼続漢詩校釈」『宮城教育大学紀要』二〇一六年　五十一巻　二四二〜二七〇頁

図録

『直江兼続』米沢市上杉博物館　二〇〇七年
『図説　直江兼続　人と時代』米沢上杉文化振興財団　二〇一〇年
『上杉景勝と関ヶ原合戦』米沢市上杉博物館　二〇二三年
『上杉景勝　その生涯展』上杉景勝展実行委員会　新潟県立歴史博物館　ＮＳＴ　二〇二三年

**【著者紹介】**

松川　章子（まつかわ　しょうこ）

1972 年生まれ、同志社大学法学部政治学科卒業。
東京都大田区在住。学校司書。

織女惜別（しょくじょせきべつ）

2024 年 10 月 5 日　第 1 刷発行

著　者 ― 松川（まつかわ）　章子（しょうこ）

発行者 ― 佐藤　聡

発行所 ― 株式会社　郁朋社（いくほうしゃ）

〒 101-0061　東京都千代田区神田三崎町 2-20-4
電　話　03（3234）8923（代表）
ＦＡＸ　03（3234）3948
振　替　00160-5-100328

印刷・製本 ― 日本ハイコム株式会社

落丁、乱丁本はお取り替え致します。

郁朋社ホームページアドレス　http://www.ikuhousha.com
この本に関するご意見・ご感想をメールでお寄せいただく際は、
comment@ikuhousha.com　までお願い致します。

　ISBN978-4-87302-828-6　C0093